KB267915

漢 詩 散 策

(한시산책)

衆山 田鶴洙 編著

국학자료원

머리말

한시와 인연을 맺은 지도 꽤 오래 되었는가 보다. 읽고 풀이하고 지어보기도 하다 보니 흐르는 세월 어느덧 桑楡晚景 이른바 傘壽이다. 이제 글짓기나 책 엮기가 마지막이 아닐까 하는 서글픔을 안고 이『漢詩散策』을 엮어본다.

강원도 삼척시 일원의『陟州漢詩集』에 수록된 한시 6백여 수 중 3백여 수 국역을 비롯하여, 조선 중종ㆍ선조 때 여덟 문장가의 한 분인 孤潭 李純仁 선생의『고담집』에 수록된 한시 3백여 편을 번역했다. 또 책도 엮어보았다.『漢詩鑑賞과 作法의 基礎』(1995)를 시작으로『漢詩語辭典』(2002) 천여 페이지,『한시 작가ㆍ작품 사전』(2007) 천오백여 페이지 등이 그것이다. 그리고 이들 編著作의 大團圓이라 할 수 있는『漢詩用例辭典』(2012)도 천오백여 쪽이다. 이 모든 것이 남에게 내세울 것은 아니지만, 내가 살아있었다는 證票가 되겠기에 이 글에 써본다.

이『漢詩散策』에는『한시 작가ㆍ작품 사전』에 소개되지 못한 시를 제1부로 하여 153편을 번역해 실었으니, 이는『한시 작가ㆍ작품 사전』을 補完한 셈이라 해도 좋겠다. 지어본 한시는 불과 100여 수로, 제대로 지었는지 어떤지는 且置하고, 이를 문집『水蹤頌』(2002)에 수록된 것과 그 이후의 작품들로 나누어, 제2부는 수록 이후에 지금까지 지은 시를, 제3부는 수록된 작품을 다시 게재했다. 제4부는 스님들의 偈頌을 주로 모아 보았다. 마지막 제5부는 한시 관련 산문을 수집해 실었다.

　제1부와 제4부는 여러 글에 실린 것을, 빙산의 일각으로 대단히 부족하나마, '구슬이 서 말이라도 꿰어야 보배'라는 속담을 상기하며 실었을 뿐 특별한 의미는 없다. 오직 한시에 대하여 관심이 있는 분들이 한가로이 산책하는 기분으로 한차례 훑어보고 지나도록 한 것에 지나지 않는다.『漢詩散策』이라 이름한 것도 그런 뜻이 내포되어 있다.

　눈, 코 뜰 새 없도록 핑핑 돌아가는 현시대에 지나간 것을 뒤적이고 있었다는 것이 바보스럽기는 하나, 그 일이 마음에 들어 나 스스로 걸어간 행로이니 읽는 이들이 이해해 주시리라 믿는다. 끝으로 祖先님들 그리고 나를 존재토록 음양으로 도와주신 많은 이들에게 하잘것없으나마 이 小冊子를 바치고 싶다.

2012년 10월

編著者

차례

제1부

著名人士漢詩選

선인들의 한시를 여러 자료에서 뽑아 실었는데, 拙編『한시 작가 · 작품 사전』에 수록한 시는 제외했으니 그 책을 補完한 셈이고, 아무런 순서 없이 고르는 대로 실었다.

(1) 終南別業(종남별업) 종남산 별장

_王維(왕유 701~761): 盛唐(성당) 시인.

中歲頗好道
(중세파호도)　　　　　　나이 마흔에 자못 도를 좋아해

晚家南山陲
(만가남산수)　　　　　　늦었지만 종남산 한적한 곳에 별장 짓고

興來每獨去
(흥래매독거)　　　　　　흥취 일면 매양 혼자 가

勝事空自知
(승사공자지)　　　　　　좋은 경관 혼자 즐긴다네.

行到水窮處
(행도수궁처)　　　　　　가다가 물길 다한 곳에 이르면

坐看雲起時
(좌간운기시)

앉아 구름 이는 걸 바라보다가

偶然值林叟
(우연치임수)

우연히 나무꾼 노인을 만나

談笑無還期
(담소무환기)

담소하느라 돌아가기를 잊기도 한다네.

(2) 蜀葵花(촉규화) 접시꽃

_崔致遠(최치원 857~?): 신라 말 대학자, 文宗.

寂寞荒田側
(적막황전측)

적막한 거친 밭가에

繁華壓柔枝
(번화압유지)

가냘픈 가지 화려한 꽃들에 억눌려 있구나.

香經梅雨歇
(향경매우헐)

오뉴월 장마 겪어 향기 그친 듯하고

影帶麥風欹
(영대맥풍의)

그 모습 오월 동북풍에 흔들리고 있네.

車馬誰見賞
(거마수견상)

수레나 말을 탄 고귀한 분들 누가 보아 주겠는가

蜂蝶徒相窺
(봉접도상규)

다만 벌과 나비만이 엿보고 있네.

自慚生地賤

(자참생지천)　　　태어난 땅 미천함이 스스로 부끄러울 뿐

堪恨人弃遺

(감한인기유)　　　남들이 저버린다고 어찌 한탄하리.

(3) 可惜(가석) 아쉬움

_杜甫(두보 712~770): 중국 唐 때 詩聖.

花飛有底急

(화비유저급)　　　꽃 떨어져 흩날림이 어이 그리 급한고

老去願春遲

(노거원춘지)　　　늙어감에 봄 더디 가기를 바라는데.

可惜歡娛地

(가석환오지)　　　아쉽구나, 기쁘게 즐기던 곳

都非少壯時

(도비소장시)　　　어디라 없이 젊을 때 보던 모습 아닐세.

寬心應是酒

(관심응시주)　　　마음 너그러이 하는 것은 응당 술 마시는 일

遣興莫過詩

(견흥막과시)　　　흥취 내는 것은 시 짓기보다 더한 게 없네.

此意陶潛解

(차의도잠해)　　　이 경지를 도연명은 알고 있었나니

吾生後汝期

(오생후여기)　　　내 살아감이 그대 바람에 뒤따르는구나.

(4) 輓一醒李儁先生(만일성이준선생) 이준 열사를 애도하다

_袁世凱(원세개 1860~1916): 중국 武將. 中華民國 大統領 역임. 韓末 우리나라에 주둔하여 행패가 심했음. 자 慰廷(慰亭).

剖胸濺血示心眞
(부흉천혈시심진)　　　　　　배 갈라 피 뿌려 참된 마음 드러냈고
壯節便驚天下人
(장절편경천하인)　　　　　　장한 절개 문득 천하 사람들을 놀라게 했네.

萬里魂歸迷故國
(만리혼귀미고국)　　　　　　만리 먼 고국으로 그 넋 돌아가기 헤맸고
千家淚灑哭忠臣
(천가누쇄곡충신)　　　　　　모든 사람 충신을 곡하며 눈물 뿌렸네.

坐思妻子難瞑目
(좌사처자난명목)　　　　　　가족을 생각하면 눈을 감지 못했겠고
爲報貞王不有身
(위보정왕불유신)　　　　　　임금님 위한 충절 내 한 몸 없었더라.

大義堂堂懸日月
(대의당당현일월)　　　　　　대의는 당당하여 해와 달처럼 빛나나니
泉臺應結伯夷隣
(천대응결백이린)　　　　　　저승에서는 응당 백이숙제와 이웃하리라.

<水踰洞 李儁烈士墓所 石刻>

(5) 絶命詩(절명시)

_李大源(이대원 1566~1587): 조선 선조 때 武將. 자 浩然. 본관 咸平. 鹿島萬 戶 때 損竹島에서 倭寇와 3일간 先鋒으로 싸우던 중 水使 沈巖이 援軍을 보내 오지 않아 적에게 붙잡혀 피살됨. 兵曹 判書로 追贈, 興陽 雙忠祠에 모셔졌음.

日暮轅門渡海來

(일모원문도해래)　　　　　해 저물어 軍營에서 바다 건너와서

兵孤勢乏此生哀

(병고세핍차생애)　　　　　군사 적고 軍勢 모자라 내 生涯 슬프구나.

君親恩義俱無報

(군친은의구무보)　　　　　임금님, 아버지의 은의 모두 갚지 못하고

恨入愁雲結不開

(한입수운결불개)　　　　　한은 수심에 찬 구름에 맺혀 풀리지 않네.

(註) 이 시는 그가 死境에서 손가락을 깨물어 피를 내고 옷을 찢어 거기에 지어 적은 작품으로, 종으로 하여금 집으로 전하여 시체는 찾지 못할 것이니, 이 시로써 詩塚을 만들어 무덤으로 삼게 해달라는 斷腸의 시로 韓末 무렵까지 愛誦되었다고 함.

<李圭泰 '韓國人의 意識構造' 中 '歸巢意識': 1980 文理社>

(6) 靑瓷象嵌菊花文甁詩銘(청자상감국화문병 시명)

何處難忘酒

(하처난망주)　　　　　어디서든 술을 잊지 못하나니

靑門送別多

(청문송별다)　　　　　長安 동남 청문에서는 송별이 많다네.

斂襟收涕淚

(염금수체루)　　　　　　　옷깃 여미고 흐르는 눈물 거두어

促馬聽笙歌

(촉마청생가)　　　　　　　이별 노래 들으며 말을 재촉하네.

煙樹灞陵岸

(연수파릉안)　　　　　　　漢文帝의 파릉 기슭에는 안개 덮인 나무들

風花長樂坡

(풍화장락파)　　　　　　　장락궁 언덕에는 바람에 날리는 꽃잎들.

此時無一盞

(차시무일잔)　　　　　　　이럴 때 술 한 잔 나누지 않으면

爭奈去留何

(쟁내거류하)　　　　　　　떠나거나 남아있음에 무슨 뜻이 있으리.

<高裕燮 高麗靑瓷>

(7) 北宋徽宗末讖詩(북송 휘종말 참시)

_북송은 宋으로 960~1127까지 9代 167년이었고 휘종은 8대 임금임.

家內木蛀盡

(가내목주진)　　　　　　　집안의 나무 좀 슬어 수명 다했고

南方火不明

(남방화불명)　　　　　　　남방 불빛 빛을 잃었구나.

吉人歸塞漠

(길인귀새막)　　　　　　　길한 사람은 변방사막으로 돌아가고

亘木又摧傾

(긍목우최경)　　　　　　　　　　　　서까래 또한 꺾이고 기울었도다.

(註) * 家內木, 南方火; 宋나라 은유(宀＋木＝宋, 火德－炎宋－). * 吉人; 휘종의 이름 佶 은유. * 亘木; 欽宗의 이름 桓 은유. 이 두 임금은 金나라에 捕虜가 되어 잡혀가 塞北에서 사망했음. 이런 讖言은 東學亂 農民의 노래 "甲午歲 甲午歲 乙未賊 乙未賊 丙申 못 가리(가 보세 가 보세 을미적 을미적 병신 못 가리) − '갑오년에 성공했으나 을미년에는 왜적이 공격할 것이니 병신년 이전에 실패로 끝나리' 또는 '이왕 난을 일으켰으니 서울까지 가 보자, 미적미적 대다가는 병신 되어 못 간다'의 은유"라든가, 6 · 25 동란이 단기 4283년(서기 1950)에 일어나 '3824(삼팔선이 이사함)'가 되었다는 등도 그 例가 됨.

<11.1.4. 中央日報 − '전우용의 근대의 사생활'>

(8) 白頭山途中(백두산 도중) 백두산 가는 길에

_申采浩(신채호 1880~1936): 사학자, 독립운동가. 호 丹齋.

人生四十太支離

(인생사십태지리)　　　　　　　　인생 마흔 살 너무도 온전치 못해

貧病相隨暫不移

(빈병상수잠불이)　　　　　　　　가난과 병 잠시도 떠나지 않는구나.

最恨水窮山盡處

(최한수궁산진처)　　　　　　　　　산도 물도 다한 곳에서

任情歌曲亦難爲

(임정가곡역난위)　　　　마음껏 노래 부르지 못함이 가장 한스러워라.

(9) 高麗城懷古(고려성 회고)

_樊漢(번한?): 중국 唐나라 시인.

僻地城門啓
(벽지성문계)
　　　　　　　　　　　외진 땅 성문은 열렸고

雲林雉堞長
(운림치첩장)
　　　　　　　　　　　구름 낀 숲에 성가퀴는 길구나.

水明留晩照
(수명유만조)
　　　　　　　　　　　저녁 햇빛으로 강물은 밝고

沙暗燭星光
(사암촉성광)
　　　　　　　　　　　모랫벌 어두운데 별빛은 촛불일세.

疊鼓連雲起
(첩고연운기)
　　　　　　　　　　　빠른 북소리 구름 이는 곳에 잇달았고

新花拂地粧
(신화불지장)
　　　　　　　　　　　새로 피는 꽃 온 땅을 꾸미는구나.

居然朝市變
(거연조시변)
　　　　　　　　　　　하릴없이 온 거리는 변했고

無復管絃鏘
(무부관현장)
　　　　　　　　　　　즐거운 풍악소리 들리지 않네.

荊棘黃塵裏
(형극황진리)
　　　　　　　　　　　가시나무 덤불 먼지 속에 싸였고

蒿蓬古道傍
(호봉고도방)
　　　　　　　　　　　쑥은 옛길 따라 더부룩하구나.

輕塵埋翡翠
(경진매비취)
　　　　　　　　　　　먼지 일어 물총새 보이지 않고

荒壟上牛羊

(황롱상우양)　　　　　　거친 밭두둑에 소와 양이 한가룝구나.

無奈當年事

(무내당년사)　　　　　　고구려 淵蓋蘇文 당시의 옛일 어쩔 수 없나니

秋聲肅鴈行

(추성숙안행)　　　　　　줄지은 기러기 떼만 가을 하늘에 울며 예는구나.

(10) 貞觀吟楡林關作(정관음유림관작)

_李穡(이색 1328~1396): 고려말 학자.

晉陽公子結豪客

(진양공자결호객)　　　　　　당 태종이 호걸들을 결집하여

風雲壯懷滿八極

(풍운장회만팔극)　　　　　　풍운의 장한 기개 팔방에 가득했네.

赫然一起揮天戈

(혁연일기휘천과)　　　　　　벌컥 한번 성내어 무기를 휘두르니

隋堤楊柳無顏色

(수제양류무안색)　　　　　　수 양제 쌓은 둑의 버들 빛을 잃었네.

已踵殷周成武功

(이종은주성무공)　　　　　　은과 주나라 따라 이어 무공을 이미 세워

宜追虞夏敷文德

(의추우하부문덕)　　　　　　요와 순 임금처럼 문덕 폄이 마땅하겠고

持盈守成貴安靖
(지영수성귀안정)　　　이룩한 업적 지켜 편히 다스림이 귀하거늘
好大喜功多反側
(호대희공다반측)　　　공명의 욕심만 내세우면 뒤집히기 일쑤라.

三韓箕子不臣地
(삼한기자불신지)　　　우리나라는 기자가 우대 받은 땅이라
置之度外疑亦得
(치지도외의역득)　　　치지도외하는 게 득이 되는 일 일 텐데

胡爲至動金玉武
(호위지동금옥무)　　　어찌하여 귀중한 군사들을 동원해서는
嘀枚自將臨東土
(함매자장임동토)　　　나무막대기 입에 물려 이 동쪽 땅에 왔던고.

貔貅夜擁鶴夜月
(비휴야옹학야월)　　　용맹한 군사들이 요동 땅 달밤에 몰려들고
旌旗曉濕鷄林雨
(정기효습계림우)　　　수많은 깃발들 우리 땅 새벽 비에 젖었더라.

謂是囊中一物耳
(위시낭중일물이)　　　주머니 속 물건 집어내듯 쉽겠다 하더니
那知玄花落白羽
(나지현화낙백우)　　　어찌 알았으리, 눈이 楊萬春의 화살에 맞을 줄.

鄭公已死言路澁
(정공이사언로삽)　　　　정국공 魏徵 이미 죽어 간언 듣기도 어려워
可笑豊碑蹶復立
(가소풍비궐복립)　　　　위징의 큰 비석 넘어뜨렸다 다시 세워 우습네.

回頭三叫貞觀年
(회두삼규정관년)　　　　내 고개 돌려 '당 태종 시절아' 세 번 소리치니
天末悲風吹颯颯
(천말비풍취삽삽)　　　　하늘 끝 스산한 바람 쌀쌀히 불어오네.

(11) 靑瓷陽刻唐草文瓢形甁詩銘
(청자양각당초문표형병 시명)

細鏤金花碧玉壺
(세루금화벽옥호)　　　　금으로 가늘게 꽃을 새긴 파란 옥 병
豪家應是喜提壺
(호가응시희제호)　　　　호족들이 응당 들기 좋아할 병이로구나.

須知賀老落淸客
(수지하로낙청객)　　　　하지장賀知章은 늘그막에 세속을 벗어나
抱向春深醉鏡湖
(포향춘심취경호)　　　　이 병 안고 봄 가도록 경호에서 취했다 하네.

<高裕燮 '高麗靑瓷' ― 1977 三星文化文庫 94>

(12) 梨花(이화) 배꽃

_李塏(이개 1417~1456): 조선 단종 때 死六臣.

院落深深春晝淸
(원락심심춘주청)
　　　　　　　　깊숙한 안뜰에 봄 낮 맑은데

梨花開遍正冥冥
(이화개편정명명)
　　　　　　　　배꽃 온통 피어 자욱하구나.

鶯兒儘是無情思
(앵아진시무정사)
　　　　　　　　꾀꼬리란 놈 도무지 생각이 없어

掠過繁枝雪一庭
(약과번지설일정)
　　　　　　　　흐드러진 가지치고 가 뜰 가득 눈일세.

(13) 耽羅新詞(탐라신사) 제주도 민요 <小樂府>

_李齊賢(이제현 1287~1367): 고려말 학자, 시인. 호 益齋.

從敎壟麥倒離披
(종교농맥도이피)
　　　　　　　　밭둑의 보리야 패어 넘어지든 말든

亦任丘麻生兩歧
(역임구마생양기)
　　　　　　　　언덕 삼밭의 삼대야 두 갈래 되든 말든

滿載靑瓷兼白米
(만재청자겸백미)
　　　　　　　　청자 그릇과 흰 쌀 가득 싣고

北風船子望來時
(북풍선자망내시)
　　　　　　　　뭍 사람 북풍 타고 올 날만 기다리네.

(14) 濟危寶(제위보) <小樂府, 高麗歌謠 漢譯>

_제위보 李齊賢(이제현).

浣紗溪上傍垂楊

(완사계상방수양)　　　　　　수양버들 가 시냇물에서 빨래하다가

執手論心白馬郎

(집수논심백마랑)　　　　　　백마 탄 낭군 만나 손잡고 마음 털어놓았으니

縱有連簷三月雨

(종유연첨삼월우)　　　　　　처마 끝에 석 달 장마 비 내린다 한들

指頭何忍洗餘香

(지두하인세여향)　　　　　　내 손가락에 남은 향내 어이 씻어 내리리.

(15) 東都懷古(동도회고) 신라 서울 경주를 회고하다

_張鎰(장일 1207~1276): 고려 원종 때 재상. 초명 敏. 시호 章簡.

四百年前將相家

(사백년전장상가)　　　　　　　　　4백 년 전 장수와 정승 집들

競開臺榭幾雄誇

(경개대사기웅과)　　　　　다투어 큰 누각 지어 그 웅장함을 자랑했던가.

只今繁麗憑誰問

(지금번려빙수문)　　　　　지금 그 번화 화려했음을 누구에게 물을꼬

野杏山桃泣露華

(야행산도읍노화)　　　　　살구꽃 복숭아꽃들 이슬에 젖어 울고 있네.

(16) 送別崔孤雲(송별최고운) 고운 최치원을 송별하며

_顧雲(고운 − 890 −): 唐나라 시인.

我聞海上三金鰲

(아문해상삼금오)　　　　　들으니 동해에 금오 자라 셋이 있고

金鰲頭戴山高高

(금오두대산고고)　　　　　금오의 머리에는 높은 산을 이고 있다하네.

山之上兮珠宮貝闕黃金殿

(산지상혜주궁패궐황금전)　　　　　산 위 궁전에 황금전각 있고

山之下兮千里萬里之洪濤

(산지하혜천리만리지홍도)　　　　　산 밑은 천만 리 큰 바다라네.

傍邊一點鷄林碧

(방변일점계림벽)　　　　　그 곁에 한 점 계림이 푸른데

鼇山朶秀生奇特

(오산타수생기특)　　　　　금오산 정기가 기특한 사람 낳았네.

十二乘船渡海來

(십이승선도해래)　　　　　열두 살에 배를 타고 바다 건너와

文章感動中華國

(문장감동중화국)　　　　　그 문장이 중국에 떨쳤었네.

十八橫行戰詞苑

(십팔횡행전사원)　　　　　열여덟에 문단에서 재주 겨루어

一箭射破金門策

(일전사파금문책)　　　　　단번에 금문 과거에 급제했구나.

(17) 詠桃(영도) 복사꽃

_李行遠(이행원 1592~1648): 조선 인조 때 재상.

爲問桃花泣
(위문도화읍)

문나니 복숭아꽃아

如何細雨中
(여하세우중)

가랑비 오는 속에 왜 우는고.

主人多病久
(주인다병구)

주인이 오래 병석에 있으시어

無意笑春風
(무의소춘풍)

봄바람도 아무 뜻 없으니 어이 웃을 손가.

(18) 絶句(절구) 절구

_高騈(고병 − 880 −): 중국 唐의 兵馬都總(병마도총).

綠樹陰濃夏日長
(녹수음농하일장)

푸른 나무 그늘 짙고 여름 날 긴데

樓臺倒影入池塘
(누대도영입지당)

누각 그림자 연못에 거꾸로 비치었네.

水晶簾動微風起
(수정염동미풍기)

수정 발 살랑살랑 산들바람 일어

滿架薔薇一院香
(만가장미일원향)

시렁 뒤덮은 장미 꽃향기 온 뜰에 가득.

(19) 田家(전가) 시골 농가 _朴趾源(박지원 1737~1805): 조선 후기 학자.

翁老守雀坐南陂

(옹로수작좌남피)　　　　　　늙은이 새 본답시고 언덕에 앉았건만

粟拖狗尾黃雀垂

(속타구미황작수)　　　　　　개꼬리 늘어지듯 한 조 이삭에 참새 매달렸네.

長男中男皆出田

(장남중남개출전)　　　　　　큰아들 작은아들 모두 논밭에 나가고

田家盡日晝掩扉

(전가진일주엄비)　　　　　　농가는 대낮에도 사립문 지쳤구나.

鳶蹴鷄兒攫不得

(연축계아확부득)　　　　　　솔개는 병아리 채려다 실패하고

群鷄亂啼匏花籬

(군계난제포화리)　　　　　　어미 닭들 박꽃 핀 울타리에서 요란히 우네.

少婦戴椦疑渡溪

(소부대권의도계)　　　　　　며느리는 함지박 이고 머뭇머뭇 냇물 건널 제

赤子黃犬相追隨

(적자황견상추수)　　　　　　젖먹이와 누렁이도 함께 따르는구나.

(20) 山中雨(산중우) 산 속의 비

_偰遜(설손 ?~1360): 고려 말기 학자. 歸化 回鶻人(회홀인).

一夜山中雨

(일야산중우)　　　　　　　　하룻밤 산 속의 비

風吹屋上茆

(풍취옥상묘)　　　　　　　바람 불어 지붕의 띠 이영 날리네.

不知溪水長

(부지계수장)　　　　　　　개울물 불어난 건 모르고 있다가

祇覺釣船高

(지각조선고)　　　　　　　다만 낚싯배 높아진 것을 보고 알게 되는구나.

(註) 둘째 구는 "林端風怒號(임단풍노호, 숲나무 끝에 바람 드세구나)"가 原句로
'明詩綜'에 실려 있고, 沈德潛이 예찬하여 "純乎天籟"라 했다고 함.

<文一平 ‘白話詩의 贊成’>

(21) 高句麗樂府(고구려악부)

_李白(이백 701~762): 중국 唐나라 때 詩仙.

金花折風帽

(금화절풍모)　　　　　　　금빛 꽃 같은 折風冠을 썼고

白馬少遲回

(백마소지회)　　　　　　　흰말은 조금씩 이리저리 거니네.

翩翩舞廣袖

(편편무광수)　　　　　　　넓은 소매로 너울너울 춤을 추니

似鳥海東來

(사조해동래)　　　　　　　동해바다 저쪽에서 건너온 새 같구나.

<崔南善 ‘朝鮮常識問答續編’ 1947>

(22) 燈夕入闕有感(등석입궐유감)

정월 대보름 저녁에 입궐한 감상

_李奎報(이규보 1168~1241): 고려 고종 때 文豪. 호 白雲居士.

兩部笙歌淸碎玉

(양부생가청쇄옥)　　　　두 부―坐部, 立部―의 생황과 노래 옥 부수는 듯

九門燈火爛分星

(구문등화난분성)　　　　대궐 아홉 문 등불 밝기 별 박힌 듯하구나.

愚儒不及倡優輩

(우유불급창우배)　　　　못난 선비 광대 패보다 못 하나니

猶着緋衣入帝庭

(유착비의입제정)　　　　붉은 관복만 입고는 대궐 뜰로 들어서네.

(23) 觀劇(관극) 연극 관람

_成俔(성현 1439~1504): 조선 성종 때 名臣, 學者.

祕殿春光泛彩棚

(비전춘광범채붕)　　　　대궐 안 봄빛 화려한 무대 설비를 둘러있고

朱衣畵袴亂縱橫

(주의화고난종횡)　　　　붉은 옷, 얼룩 바지 배우들 이리저리 어지럽네.

弄丸眞似宜僚巧

(농환진사의료교)　　　　방울놀이꾼 옛 중국 熊宜僚의 재주와 똑같고

朱索還同飛燕輕

(주삭환동비연경)　　　붉은 줄타기꾼 漢成帝 후궁 비연처럼 가볍네.

小室四旁藏傀儡

(소실사방장괴뢰)　　　작은방 전후좌우에는 꼭두각시 잔뜩 놓였고

長竿百尺舞壺觥

(장간백척무호굉)　　　백 자 긴 장대에서 신선들－壺公, 彭觥－ 춤추네.

君王不樂倡優戲

(군왕불락창우희)　　　우리 임금님 광대놀이 즐기지 않으시니

要與羣臣享太平

(요여군신향태평)　　　종요롭게도 모든 신하들 태평성대 누리는구나.

(24) **觀傀儡雜戲**(관괴뢰잡희) 꼭두각시놀이 관람 _成俔(성현).

煌煌金帶耀朱衣

(황황금대요주의)　　　금빛 띠 번쩍이고 붉은 옷 눈부신데

跟鞋投身條似飛

(근혜투신조사비)　　　뒤꿈치로 몸 날려 나는 듯 가지에 올라

走索弄丸多巧術

(주삭농환다교술)　　　줄을 타며 방울 놀리는 재주 크게 교묘하고

穿絲刻木逞神機

(천사각목영신기)　　　인형에 실 꿰어 놀리는 신묘한 기교 보이네.

宋家郭禿奚專美

(송가곽독해전미)　　　송나라 인형놀이만이 그 고움을 독차지하랴

漢祖平城可解圍
(한조평성가해위)　　　한고조도 목각 미인 덕에 평성 포위 벗어났네.

爲敬朝廷陳縟禮
(위경조정진욕례)　　　공경을 으뜸 삼는 조정에서 이 번례를 폈으니

皇華眼大定嘲譏
(황화안대정조기)　　　중국 사신 눈 크게 떠 놀림 당한 형국일세.

(25) 題昔所見處(제석소견처) 지난날 와보았던 곳에서

_崔護(최호 ?): 中唐의 시인.

去年今日此門中
(거년금일차문중)　　　　지난해 오늘 이 집 문 안에서

人面桃花相映紅
(인면도화상영홍)　　　사람 얼굴 복숭아꽃 서로 비쳐 불그레 했었는데

人面不知何處去
(인면부지하처거)　　　　그 때 그 사람 어디 갔는고

桃花依舊笑春風
(도화의구소춘풍)　　　복사꽃은 예대로 봄바람에 하늘거리건만.

(註) 이 시는 崔護가 科擧에 落榜하고 淸明날에 만난 여인의 집 대문에 쓴 작품으로, 최호를 그리워하며 죽은 그 여인을 되살렸다는 고사가 있음. →제5부(三)

(26) 解月明師兜率歌(해월명사도솔가)
월명 스님의 도솔가 풀이

龍樓此日散花歌

(용루차일산화가)　　　　　　대궐에서 오늘 산화 노래를 불러

排送靑雲一片花

(배송청운일편화)　　　　　　청운에 한 송이 꽃을 뿌려 보내네.

殷重直心之所使

(은중직심지소사)　　　　　　은근 정중한 곧은 마음이 시키는 바이니

遠邀兜率大僊家

(원요도솔대선가)　　　　　　멀리 도솔천 천상의 부처님을 맞이하라.

<三國遺事 卷5 感通>

(27) 讚月明師祭亡妹歌(찬월명사제망매가)
월명 스님의 제망매가 칭송

＿一然(일연 1206~1289): 고려 후기 高僧. 俗姓 金氏. 시호 普覺.

風送飛錢資逝妹

(풍송비전자서매)　　　　　　바람이 紙錢 날려 저승 가는 누이의 노자로
쓰게 하고

笛搖明月住姮娥

(적요명월주항아)　　　　　　피리소리 항아 사는 밝은 달을 흔들 듯 하는구나.

莫言兜率連天遠

(막언도솔연천원)　　　도솔천 하늘에 이어 있어 멀다고 말하지 말라

萬德花迎一曲歌

(만덕화영일곡가)　　　만덕화 곡조 한 가락에 즐거이 맞는데.

<上소>

(28) 白頭翁(백두옹) 할미꽃 _李白(이백): →(21)高句麗樂府.

醉入田家去

(취입전가거)　　　마을길 취해 들며

行歌荒野中

(행가황야중)　　　거친 들판을 흥얼거리며 가네.

如何靑草裡

(여하청초리)　　　어찌해 푸른 풀밭 속에

亦有白頭翁

(역유백두옹)　　　할미꽃도 있는고.

折取對明鏡

(절취대명경)　　　꺾어 내 모습과 비추어보니

宛將衰鬢同

(완장쇠빈동)　　　똑같이 머리 센 게 완연하구나.

微芳似相誚

(미방사상초)　　　작은 꽃과 서로 비웃듯이

留恨向東風

(유한향동풍)　　　봄바람에 한을 품고 있구나.

(29) 宮苑櫻桃(궁원앵도) 궁중 앵도

_朴珪壽(박규수 1807~1877): 고종 때 정치가, 서예가. 호 桓齋.

櫻桃花發滿宮明

(앵도화발만궁명)　　　　　　　앵두꽃 만발하니 온 궁중이 환해

葉葉枝枝總睿情

(엽엽지지총예정)　　　　　　　잎마다 가지마다 온통 동궁의 정성일세.

結子端陽看守別

(결자단양간수별)　　　　　　　단오에 열매 맺게 각별히 돌보시어

每煩金彈打流鶯

(매번금탄타유앵)　　　　　　　매양 쇠 탄알 쏘아 꾀꼬리를 쫓았으리.

(註) 조선 4대 世宗께서 앵두를 즐기시므로, 世子이던 文宗이 궁중 동산에 온통
앵두나무를 심어 익은 앵두를 父王께 드렸다는 故事를 읊은 시임.

<文一平 花下漫筆>

(30) 渡三八線(도삼팔선)

_金九(김구 1875~1949): 獨立運動家, 政治家. 호 白凡.

踏雪野中去

(답설야중거)　　　　　　　눈 밟으며 들판을 가는 것은

不須胡亂行

(불수호란행)　　　　　　　모름지기 경솔한 걸음은 아닐세.

今日我行跡

(금일아행적)　　　　　　　오늘 내가 지나간 자취는

遂作後人程

(수작후인정)　　　　　　　결국 뒷사람들의 路程이 되리라.

(31) 尋胡隱君(심호은군) 胡 隱士를 찾아

_高啓(고계 1336~1374): 중국 明初 시인. 호 青邱子.

渡水復渡水

(도수부도수)　　　　　　　냇물 건너고 또 건너면서

看花還看花

(간화환간화)　　　　　　　꽃구경하고는 다시 꽃을 보며

春風江上路

(춘풍강상로)　　　　　　　봄바람 살랑거리는 강가 길 걷다보니

不覺到君家

(불각도군가)　　　　　　　어느 새 그대 집인 걸 깨닫지 못했구나.

(32) 四皓圍碁(사호위기)

_徐居正(서거정 1420~1488): 조선초기 名臣. 學者.

於世於名已兩逃

(어세어명이양도)　　　　商山四皓는 속세도 명성도 이미 모두 버리고

閑圍一局子頻鼓

(한위일국자빈고)　　　　한가히 두는 바둑 한판에 돌 자주 두드리네.

此中妙手無人識

(차중묘수무인식)　　　　그 속의 묘한 솜씨 아는 사람 없지만

會有安劉一著高

(회유안유일저고)　　　　반드시 漢 皇室 안정의 높은 수 있었으리라.

(33) 幽興(유흥) 그윽한 흥취

　　　_黃五(황오 ?): 조선 헌종 때 시인. 호 綠此.

吾家一白犬

(오가일백견)　　　　　　우리 집 흰둥이 강아지 하나

見客不知吠

(견객부지폐)　　　　　　손님이 와도 짖을 줄 몰라.

紅桃花下宿

(홍도화하숙)　　　　　　붉은 복사꽃 아래에서 자는데

花落犬鬚在

(하락견수재)　　　　　　꽃잎 떨어질라치면 흰둥이 수염에 나붙네.

(34) 別情人(별정인) 정인과 헤어지며

　　　_鄭誧(정포 1309~1345): 고려 충혜왕 때 문관, 서예가. 호 雪谷.

五更燈燭照殘粧

(오경등촉조잔장)　　　　새벽 등불 단장했던 그 모습 비추는데

欲話別離先斷腸

(욕화별리선단장)　　　　　　간다는 말에 앞서 애끊는구나.

落月半庭推戶出

(낙월반정추호출)　　　　　　지는 달 엷게 비추는 속에 문 열고 나오니

杏花疎影滿衣裳

(행화소영만의상)　　　　　　살구꽃 성긴 그림자 옷에 가득일세.

(35) 芍藥(작약) 함박꽃 _皇甫倬(황보탁 ?): 고려 의종 때 賢良.

誰道花無主

(수도화무주)　　　　　　꽃에는 주인 없다고 누가 말했던고

龍顔日賜親

(용안일사친)　　　　　　임금님께서 날마다 친밀함을 내리시는데.

宮娥莫相妬

(궁아막상투)　　　　　　궁녀들아 시샘하지 말라

雖似竟非眞

(수사경비진)　　　　　　함박꽃 좋아하시나 그대들도 사랑하시니라.

(36) 芙蓉(부용) 연꽃

_芙蓉(부용 ?): 成川妓生, 詩人. 호 雲楚. 淵泉 金履陽 愛姬.

芙蓉花發滿池紅

(부용화발만지홍)　　　　　　연꽃 피니 못 가득 붉은데

人道芙蓉勝妾容

(인도부용승첩용)　　　　사람들 말하기를 내 얼굴보다 곱다 하네.

朝日妾從堤上過

(조일첩종제상과)　　　　아침 해 받으며 연못 둑을 지나노라면

如何人不看芙蓉

(여하인불간부용)　　　사람들은 어이해 연꽃은 보지 않고 나만 보는고.

(參考) 針箴兼筆架 蠶事代蝌書 意到披湘帙 還嫌獺祭魚

(반짇고리를 붓통으로 겸해 쓰며, 누에치는 대신 글씨를 쓰네. 생각나면 문갑의 책들 꺼내, 수달 피 물고기 늘어놓듯 펴놓아도 책 보기는 싫다네)

<芙蓉 '自嘲' 제2수>

(37) 白雲洞(백운동) 서울 백운동

_石希璞(석희박 ?): 조선 효종 때 문인. 호 南川.

步入白雲洞

(보입백운동)　　　　　　걸어서 백운 골짜기 들어가니

洞虛雲影斜

(동허운영사)　　　　　　골은 휑뎅그렁하고 구름 그림자 비꼈네.

山深人不見

(산심인불견)　　　　　　산이 깊어 들어온 사람 보이지 않아

獨坐澗邊花

(독좌간변화)　　　　　　홀로 물가 꽃 옆에 앉았노라.

(38) 西瓜(서과) 수박

_趙浚(조준 1346~1405): 朝鮮 開國功臣. 土地制度 정비.

玉斗流瓊液

(옥두유경액)　　　　　　　옥 국자에 넘치는 구슬 같은 수박 즙

來從處士家

(내종처사가)　　　　　　　처사 趙云仡(조운흘)께서 보내주신 것일세.

年年塵土下

(연년진토하)　　　　　　　늘 세속에 묻혀 있으면서

羞對邵平瓜

(수대소평과)　　　절개 굳은 소평의 참외 같은 수박 보니 부끄럽구나.

(39) 奉次鐵城府院君在盈德所著詩韻
(봉차철성부원군－崔瑩－재영덕소저시운)

_鄭夢周(정몽주 1337~1392): 고려말 충신, 학자. 호 圃隱.

賜玦暫時吟澤畔

(사결잠시음택반)　　　잠깐 죄 지은 신하되어 屈原처럼 택반 시 짓고

請纓去歲過淮邊

(청영거세과회변)　　　적을 잡겠다고 終軍처럼 올가미 달라했었네.

忠勤定國新開府

(충근정국신개부)　　　나라 안정에 충성 다해 새로 군영 열었고

淡泊爲家只俸錢

(담박위가지봉전)　　　집에서는 욕심 없어 다만 녹봉뿐이었어라.

義擧獺川增士氣
(의거달천증사기)　　　달천에서 의병 일으켜 군사들 사기 높였고

成功鴻野更人煙
(성공홍야갱인연)　　　鴻山 싸움에 공 세워 백성들 다시 살게 했네.

欲知終始心中事
(욕지종시심중사)　　　한결같은 그 마음속 알고자 하나

看取佋佋日在天
(간취소소일재천)　　　하늘의 해처럼 밝고 밝게 있음을 볼뿐일세.

(40) 傷春二首(상춘이수)

_申從濩(신종호 1456~1497): 성종 때 文臣. 호 三魁堂.

茶甌飮罷睡初輕
(다구음파수초경)　　　차 마시고 가벼이 조려는 판에

隔屋聞吹紫玉笙
(격옥문취자옥생)　　　옥 피리 부는 소리 집 너머서 들리네.

燕子不來春又去
(연자불래춘우거)　　　제비 오지 않았는데도 봄은 또 가나니

滿庭紅雨落無聲
(만정홍우낙무성)　　　붉은 비인가 꽃잎들 소리 없이 뜰 가득 지네.

粉墻西面夕陽紅
(분장서면석양홍)　　　하얀 담장 서편에 저녁 해 붉고

飛絮紛紛撲馬鬃

(비서분분박마종)　　버들가지 어지러이 말 다래에 나붙네.

夢裏韶華愁裏過

(몽리소화수리과)　　꿈같은 봄 경치 시름 속에 지나가니

一年春事動花風

(일년춘사동화풍)　　한 해의 봄 흥취 꽃바람 속에 일렁이네.

(41) 善竹橋(선죽교) 개성 선죽교 _作者未詳(작자미상).

白日高麗國

(백일고려국)　　대낮 해처럼 밝은 고려 나라

丹心鄭夢周

(단심정몽주)　　충성에 빛나는 정 포은 선생.

千年橋下水

(천년교하수)　　영원을 흐르는 선죽교 밑 냇물

不入漢江流

(불입한강류)　　서울 한강으로는 흘러들지 않으리.

(42) 時節歌(시절가) 시조(時調)

_申光洙(신광수 1712~1775): 조선 영조 때 文臣. 호 石北.

初唱聞皆說太眞

(초창문개설태진)　　처음 부르는 소리 모두 양귀비를 읊은 거라

至今如恨馬嵬塵

(지금여한마외진)　　　　지금도 마외 언덕에서 죽은 한이 여실하구나.

一般時調排長短

(일반시조배장단)　　　　　보통 시조는 장단을 중요시 안 하니

來自長安李世春

(내자장안이세춘)　　　　그것은 평양의 이세춘에게서 비롯되었네.

(註) 18世紀에 關西妓生들이 잔치자리에서 먼저 '一笑百媚生이 太眞의 麗質이라,
明皇도 이러므로 萬里行蜀하시도다. 至今에 馬嵬芳魂을 못내 설워하노라' 하는
시조를 노래했다고 함.

(43) 有物吟(유물음) 만물의 이치 곧 自然法則을 읊다

_徐敬德(서경덕 1489~1546): 조선 중종 때 巨儒. 호 花潭.

有物來來不盡來

(유물래래부진래)　　　　만물이 오고 오고 끝없이 오고 또 오는데

來纔盡處又從來

(내재진처우종래)　　　　다 왔는가 했더니 뒤따라 또 오고 있네.

來來本自來無始

(내내본자내무시)　　　　오고 옴이 연달아 시작이란 게 없나니

爲聞君從何所來

(위문군종하소래)　　　　그대 어디서 왔는가 들어본들 무엇 하리.

有物歸歸不盡歸

(유물귀귀부진귀)　　　　만물이 가고 가고 다함이 없이 가고 가는데

歸纏盡處未曾歸

(귀재진처미증귀)   다 갔는가 했더니 아직 있어 가고 가네.

歸歸到底歸無了

(귀귀도저귀무료)   가고 감은 마침내 그 가고 감의 끝을 못 보니

爲問君從何所歸

(위문군종하소귀)   그대 어디로 가는 건가 물어본들 무엇하리.

(註) 詩經 大雅 蒸民 첫머리에 "天生蒸民 有物有則(천생증민 유물유칙; 하늘이 여러 백성을 낳으시니, 만물에는 각기 정한 법칙이 있도다)"라 있음.

(44) 挽人(만인) 죽은 사람을 애도하다 _徐敬德(서경덕).

物自何來亦何去

(물자하래역하거)   만물은 어디서 와서 어디로 가는 건가

陰陽合散理機玄

(음양합산이기현)   음양이 모이고 흩어짐이 자연의 묘한 이치라.

有無悟了雲生滅

(유무오료운생멸)   구름 일고 흩어짐에서 유와 무를 모두 깨닫고

消息看來月望弦

(소식간래월망현)   달의 참과 기울어짐에서 사물의 성쇠를 보네.

原始反終知鼓缶

(원시반종지고부)   시작과 끝을 알아차림에서 莊子의 행동을 알고

釋形離魄等忘筌

(석형이백등망전)   몸과 혼백에서 벗어남이 方便을 버림과 같네.

堪嗟弱喪人多少
(감차약상인다소)
　　　　　　떠돌이 亡人을 슬퍼하는 많은 사람들이여
爲指還家是先天
(위지환가시선천)
　　　　　　그는 본래의 집으로 되돌아 간 것이라오.

(45) 詠孤石(영고석) 외 바위를 읊다 _定法師(정법사 ?): 고구려 僧侶.

廻石直生空
(회석직생공)
　　　　　　바위는 자리 틀어 하늘에 곧게 솟았고
平湖四望通
(평호사망통)
　　　　　　평평한 호수 사방으로 통했네.

巖根恒灑浪
(암근항쇄랑)
　　　　　　바위 뿌리 늘 물결에 씻기고
樹杪鎭搖風
(수초진요풍)
　　　　　　나뭇가지들 바람을 잠재우네.

偃流還漬影
(언류환지영)
　　　　　　방죽 냇물에 그림자 드리우다가
侵霞更上紅
(침하갱상홍)
　　　　　　노을에 젖어 다시 솟아 붉게 되네.

獨拔群峰外
(독발군봉외)
　　　　　　우뚝 뭇 봉우리 제치고는

孤秀白雲中

(고수백운중)　　　　　　흰 구름 속에 홀로 빼어나는구나.

<'全唐詩' 所載>

(46) 金剛山(금강산)

_宋時烈(송시열 1607~1689): 조선 중기의 정치가, 대학자.

雲與山俱白

(운여산구백)　　　　　　구름과 산 모두 희어

雲山不辨容

(운산불변용)　　　　　　구름이요 산이요 그 모습 분별 안 되네.

雲歸山獨立

(운귀산독립)　　　　　　구름 걷혀 산 우뚝 서니

一萬二千峰

(일만이천봉)　　　　　　만이천 봉우리로구나.

(47) 觀優戱 20首(관우희) 판소리 관람

_宋晩載(송만재 ?): 조선 영조 때 사람.

長安盛說禹春大

(장안성설우춘대)　　　　서울 장안에 우춘대 얘기가 큰 유행이니

當世誰能善繼聲

(당세수능선계성)　　　　그 당시 누가 그 목청 이어받을 수 있었으리.

一曲樽前千段錦

(일곡준전천단금)　　　　　한 곡조 마치면 술동이 앞에 비단이 천 조각

權三牟甲少年名

(권삼모갑소년명)　　　　　권삼득과 모홍갑은 소년일 때였어라.

(註) *송만재는 農政家 徐有榘(서유구 1764~1845)의 四寸妻男임. *權三得: 英正祖 때 광대. "흥부가" 중 '제비가'가 長技였음. *牟興甲: 憲宗 때 광대. 경기도 振威 태생으로 同知 벼슬을 받았는데, 평양 練光亭에서 판소리할 때 덜미소리를 질러 10리 밖까지 들리게 했음.

(48) 贈忠宣王(증충선왕) 충선왕께 드림

_元燕京美姬: 원나라 연경 미녀.

贈送蓮花片

(증송연화편)　　　　　　　떠나실 때 주신 연꽃송이

初來灼灼紅

(초래작작홍)　　　　　　　처음에는 눈부시도록 붉더니

辭枝今幾日

(사지금기일)　　　　　　　얼마 지나 줄기에서 떨어져

憔悴與人同

(초췌여인동)　　　　　　　여위어 파리한 게 나와 똑같아라.

(49) 讀小學(독소학)

_金宏弼(김굉필 1454~1504): 조선 성종 때 학자. 호 寒暄堂.

業文猶未識天機
(업문유미식천기)　　　학문하려는 책 읽으며 아직 천기를 몰랐더니

小學書中悟昨非
(소학서중오작비)　　　소학을 보니 지난 일 잘못임을 깨닫게 되네.

從此盡心供子職
(종차진심공자직)　　　이제부터 정성으로 자식 된 소임 다하리니

區區何用羨輕肥
(구구하용선경비)　　　자잘하게 부자를 부러워함이 무슨 소용이리.

(50) 寡婦哭(과부곡) 과부의 울음 _鄭象觀(정상관 ?): 未詳.

寡婦當秋夕
(과부당추석)　　　　　　　홀어미 추석을 맞이해

靑山盡日哭
(청산진일곡)　　　　　남편 무덤 있는 청산에서 종일 우나니

下有黃稻熟
(하유황도숙)　　　　　저 아래 논에는 누런 벼이삭 익었는데

同耕不同食
(동경부동식)　　　　　같이 가꾸다가 함께 먹지 못해서일세.

(51) 送童子下山(송동자하산)

절을 떠나 집으로 가는 동자를 보내며

_喬覺(교각 705~803): 신라 승려. 신라의 왕손으로 金氏이며, 호가 喬覺임. 唐에 유학하여 九華山에 머물며 法化를 펴, 중국에서는 肉身菩薩로 地藏菩薩의 化身으로 보았음. 다음 시는 '全唐詩'에 수록되어 있음.

空門寂寞汝思家
(공문적막여사가) 　　　　　절간이 적막하니 집 생각도 날 터이라

禮別雲房下九山
(예별운방하구산) 　　　　　절 방에서 절하여 헤어져 九華山을 내려가네.

愛向竹欄騎竹馬
(애향죽란기죽마) 　　　　　대 난간에서 죽마 타기 즐겨했고

懶於金地聚金沙
(나어금지취금사) 　　　　　－금모래 모으듯 하는－ 불법 배우기 게을렀네.

添甁澗底休招月
(첨병간저휴초월) 　　　　　산골 물에 병 넣고 달 부르기는 그만두었고

烹茗甌中罷弄花
(팽명구중파농화) 　　　　　차 끓이는 그릇에 꽃잎 넣는 장난 그치었더라.

好去不須頻下淚
(호거불수빈하루) 　　　　　부디 잘 가라, 눈물 자주 흘리지 않기다

老僧相伴有烟霞
(노승상반유연하) 　　　　　나에게는 너 말고도 안개와 노을 벗이 있느니.

(52) 詠崔孤雲(영최고운) 최치원을 읊다

_朴枝華(박지화 1513~1592): 선조 때 學者. 자 君實. 호 守庵. 본관 旌善.

孤雲唐進士

(고운당진사)   고운 崔致遠은 당나라 진사

初不學神仙

(초불학신선)   처음부터 신선을 배우지는 않았네.

蠻觸三韓日

(만촉삼한일)   우리 땅에서는 달팽이 뿔 같은 다툼이 이었었고

風塵四海天

(풍진사해천)   온 세상에 전쟁이 요란했었네.

英雄那可測

(영웅나가측)   영웅의 일 어찌 헤아릴 수 있으리

眞訣本無傳

(진결본무전)   참모습은 본래 전해지지 않는다네.

一去留雙鶴

(일거류쌍학)   고운이 신선 되어 간 뒤 두 학만이 남아

淸風五百年

(청풍오백년)   그 고결한 風格 5백 년을 전해오네.

(53) 永淸縣(영청현) 평남 평원군

_高兆基(고조기 ?~1157): 고려 인종 때 文臣.

路橫層岫僻

(노횡충수벽)   겹겹으로 포갠 산봉우리 옆 후미진 길

城倚半天孤

(성의반천고)　　　　　　　우뚝 반 공중을 의지한 외로운 성.

碧洞長虛寂

(벽동장허적)　　　　　　　푸른 골짜기 늘 텅 비어 적막하고

行雲忽有無

(행운홀유무)　　　　　　　흐르는 구름 떠있다가는 문득 사라지네.

古松能自籟

(고송능자뢰)　　　　　　　늙은 소나무 절로 솨솨 소리내고

春鳥巧相呼

(춘조교상호)　　　　　　　봄을 맞은 새들 예쁘게도 우짖는구나.

物像馴吟賞

(물상순음상)　　　　　　　온갖 경치 詩興 자아내기 알맞으니

留連倒酒壺

(유련도주호)　　　　　　　며칠을 묵으면서 술병만 기울이네.

(54) 贈上林春(증상림춘) 상림춘

　_申從濩(신종호 1456~1497): →(40)傷春二首.

第五橋頭楊柳斜

(제오교두양류사)　　　　　　廣通橋 다리 머리에 수양버들 늘어지고

晚來風日轉淸和

(만래풍일전청화)　　　　　　저녁 들며 날씨는 맑고 화창해지는구나.

緗簾十二人如玉

(상렴십이인여옥)　　　　　　누런 비단 珠簾 열두 폭에 미인은 옥같이 고와

靑鎖詞臣信馬過

(청쇄사신신마과)　　　　대궐의 사신들 말 가는 대로 맡기어 지나네.

(註) *上林春: 第五橋(廣通橋) 부근에 살던 기생. 거문고의 名手였음. *詞臣: 文學
으로 侍從하는 신하.

(55) 會嶺鎭(회령진) 회령진

　　_申緯(신위 1769~1847): 조선 정조 때 학자, 시인.

匝地群峯忙自退

(잡지군봉망자퇴)　　　　땅을 두른 뭇 봉우리 저마다 바삐 물러나고

全遼嶺阨此爲雄

(전요영애차위웅)　　　　요 땅 중 험하고 좁은 고개 여기가 첫째일세.

天垂繚白縈靑外

(천수요백영청외)　　　　　하늘은 영청요백 밖으로 드리웠고

秋入丹砂點漆中

(추입단사점칠중)　　　　가을은 붉은 물감 칠한 듯한 단풍 속에 들었네.

峽鬪虎狼霾短景

(협투호랑매단경)　　　　골짜기에서 범과 이리 다투고 날리는 모래로
　　　　　　　　　　　　하늘과 해를 가린 저녁 때

城昏鴉鶻舞回風

(성혼아골무회풍)　　　　성은 어둡고 갈가마귀와 송골매는 회오리바람에
　　　　　　　　　　　　날리며 춤추듯 하네.

雲層笑語時將失

(운층소어시장실)　　　　구름 겹쳐 웃음과 말소리 때때로 들리지 않아

山半荒祠一會同

(산반황사일회동)　　　　　산중턱의 쓸쓸한 사당에서 일동이 모여 보네.

(註) *嶺阨(영애): 재의 험하고 좁은 곳. *縈靑繚白(영청요백): 주위가 푸른 산으로 둘러싸이고 맑은 물이 돌아 흐름. 여러 가지가 엉긴 모양. *霾(매): 흙비가 오려 함. 바람에 날리는 모래가 하늘과 해를 가림. *短景(단경): 짧아진 해. 저녁 때.

(56) 道傍老松下吟(도방노송하음)

　　　　_金淨(김정 1486~1520): 조선 중종 때 文臣. 호 沖菴.

海風吹過悲聲遠

(해풍취과비성원)　　　　　바닷바람 쏴쏴 슬픈 소리내며 멀어지고

山月孤來瘦影疎

(산월고래수영소)　　　　　산에 걸린 달 혼자 와 여윈 그림자 짓네.

賴有直根泉下到

(뇌유직근천하도)　　　　　곧은 뿌리 땅속 깊이 의지해 있으니

雪霜標格未全除

(설상표격미전제)　　　　　눈과 서리도 그 기품 모두 덜지 못하네.

(註) *己卯士禍 때 濟州道 流配途中 지은 세 首(三絶) 중 눌째 수임. *그가 사약을 받고 남긴 '臨絶辭'는 "投絶國兮作孤魂 遺慈母兮隔天倫. 遭斯世兮隕余身 乘雲氣兮歷帝閽. 從屈原兮高逍遙 長夜冥兮何時朝. 炯丹衷兮埋華萊 堂堂壯志兮中道摧. 嗚呼千秋萬歲兮應我哀(외딴섬 귀양온 고혼, 어머니 남겨 천륜 어기네. 이런 세상에 내 죽으니, 구름 타고 상제 궁전 가서, 굴원 따라 거니나니, 어둔 긴 밤 아침은 언제 오리. 단충 잡초에 묻히고, 장한 뜻 중절이라, 아아 천 년 뒤 이 슬픔 응답 있으려나)"임.

(57) 登天冠山(등천관산) 천관산에 올라

_魏伯珪(위백규 1727~1799): 조선 정조 때 학자. 호 存齋.

發跡天冠寺

(발적천관사)　　　　　　　　　　천관사 절을 지나서

梯空上春昊

(제공상춘호)　　　　　　　　　　봄 하늘에 날아올라

俯觀人間世

(부관인간세)　　　　　　　　　　인간 세상을 내려다보니

塵埃三萬里

(진애삼만리)　　　　　　　　　　티끌 먼지 멀리까지도 끼었구나.

(58) 慧目山高達寺(혜목산 고달사)

_韓脩(한수 1333~1384): 고려 충정왕 때 명필. 호 柳巷.

三十年前似夢間

(삼십년전사몽간)　　　　　　　　30년 전이 꿈결만 같아

少年交契半黃泉

(소년교계반황천)　　　　　　　　소년 시절 옛 벗들 반이나 갔구나.

今來高達古精舍

(금래고달고정사)　　　　　　　　지금 다시 옛 절 고달사를 찾아온 것은

爲有圓通大福田

(위유원통대복전)　　　　　　　　묘한 깨달음의 큰 공양에 참여함일세.

四面屛山圍紺宇

(사면병산위감우)　　　　　　절 사방을 두른 병풍 같은 산들

一條碑石倚靑天

(일조비석의청천)　　　　　　푸른 하늘에 우뚝 솟은 비석 하나

笑談竟夕忘歸路

(소담경석망귀로)　　　　　　밤새 담소하느라 돌아갈 길 잊나니

還似當年在妙蓮

(환사당년재묘련)　　　　　　돌이켜 당시의 묘련 스님 계신 듯하네.

(59) 衡州送李大夫七丈勉赴廣州(형주송이대부칠장면부광주)

_杜甫(두보): →(3)可惜.

斧鉞下靑冥

(부월하청명)　　　　　　부월 가지고 하늘에서 내려오듯 하여

樓船過洞庭

(누선과동정)　　　　　　다락 있는 좋은 배로 동정호를 지났겠구나.

北風隨爽氣

(북풍수상기)　　　　　　북풍이 서늘한 기운을 따라 오나니

南斗避文星

(남두피문성)　　　　　　남두 별은 文曲星을 피하리로다.

日月籠中鳥

(일월농중조)　　　　　　나는 평생 새장에 갇힌 몸이요

乾坤水上萍

(건곤수상평)　　　　　　천지간 물위에 떠도는 부평초라네.

王孫丈人行

(왕손장인항)

그대는 어른 항렬이 되나니

垂老見飄零

(수로견표령)

늙도록 떠돌아다니는 나를 보리로다.

(60) 吟詩(음시) 시 지음에 대하여

_鄭夢周(정몽주): →(39)奉次鐵城府院君~.

終朝高詠又微吟

(종조고영우미음)

아침 내내 크게 읊거나 나직이 읊어도

若似披沙欲鍊金

(약사피사욕연금)

모래 헤치며 금싸라기 찾기와 같네.

莫怪作詩成太瘦

(막괴작시성태수)

시 짓느라 바싹 말랐음을 괴이히 여기지 말라

只緣佳句每難尋

(지연가구매난심)

다만 좋은 구절 찾아낼 연분 늘 어렵다네.

(61) 江上値水如海勢聊短述(강상치수여해세요단술)

_杜甫(두보): →(3)可惜.

爲人性僻耽佳句

(위인성벽탐가구)

됨됨이가 괴팍하여 좋은 글귀 탐내

語不驚人死不休

(어불경인사불휴)　　　그 시가 남을 놀래지 못하면 죽도록 마지않네.

老去詩篇渾漫與

(노거시편혼만여)　　　늙어가며 시를 한결같이 함부로 붓에 맡겨

春來花鳥莫深愁

(춘래화조막심수)　　　봄이 와 꽃과 새를 보아도 깊이 생각 않네.

新添水檻供垂釣

(신첨수함공수조)　　　강가에 난간 새로 보태어 낚시질에 도움 주고

故着浮槎替入舟

(고착부사체입주)　　　일부러 뗏목 붙여 배 갈아탄다네.

焉得思如陶謝手

(언득사여도사수)　　　어찌해 詩想이 도연명과 사영운 솜씨 같아

令渠述作與同遊

(영거술작여동유)　　　너로 하여금 그들과 글 지으며 함께 노니는고.

(62) 覽鏡自嘆(남경자탄) 거울 보며 탄식하다

　　　_李廷龜(이정구 1564~1635): 조선 인조 때 정치가, 문장 4大家. 호 月沙.

鏡裡龍鍾一病夫

(경리용종일병부)　　　거울에 비친 늙고 병든 사람

來從何處鶴同癯

(내종하처학동구)　　　어디서 왔기에 학처럼 여위었는가.

平生政坐吟詩苦

(평생정좌음시고)　　　평생 곧게 앉아 시 짓느라 괴롭지만

却喜淸虛日在軀

(각희청허일재구)　　　　그래도 날로 맑고 깨끗함이 함께 해 기쁘다네.

(註) *이 시는 같은 제목 6首 중의 한 수임. *문장의 盛衰는 世事變化의 醇朴과 흐림에 관계되고, 시의 美惡는 性情의 邪와 正에 根源한다

<이정구 皇華集序>

(63) 望夫石(망부석) _范光遠(범광원 ?): 중국 淸나라 시인.

不見築城人

(불견축성인)　　　　　　　성 쌓은 사람들은 볼 수 없지만

但見貞女迹

(단견정녀적)　　　　　　　다만 정절 높은 부인의 자취 남았구나.

試問萬里城

(시문만리성)　　　　　　　만리장성 굳다지만

何如一片石

(하여일편석)　　　　　　　이 한 조각 바위와 비겨 어떠한고.

(64) 保定府述懷(보정부술회)

_興宣大院君(흥선대원군 1820~1898): 高宗 生父.

墙外戒嚴墙內連

(장외계엄장내련)　　　　　담 밖의 감시가 담 안까지 이어지고

悄然獨坐意悠然

(초연독좌의유연)　　　　힘없이 혼자 앉았으나 마음은 한가롭다.

家鄕雲外三千里

(가향운외삼천리)　　　　고향은 구름 저 바깥 삼천리요

鴻雁霜邊九月天

(홍안상변구월천)　　　　기러기 날고 서리 끼는 구월이로구나.

處世無能依作佛

(처서무능의작불)　　　　처세에 무능하여 부처 신세가 되었고

終身變通乃成仙

(종신변통내성선)　　　　평생 일으킨 풍운이 신선 모양 되었구나.

休論富貴平生事

(휴론부귀평생사)　　　　부귀는 한 평생 일이라 말하지 말라

卽識今來困此年

(즉식금래곤차년)　　　　오늘 이 고생을 보면 선득 알지 않는가.

(65) 山中秋夜(산중추야)

_劉希慶(유희경 ?): 조선 선조 때 賢士. 호 村隱. 壽93歲.

白露下秋空

(백로하추공)　　　　가을 하늘에서 흰 이슬 내리고

山中桂花發

(산중계화발)　　　　산 속에는 계수나무 꽃 피었구나.

折枝最高枝

(절지최고지)

가장 좋은 가지 꺾어

歸來伴明月

(귀래반명월)

밝은 달 벗하여 돌아오누나.

(66) 輓一朶紅(만일타홍)

_沈喜壽(심희수 1548~1622): 조선 선조 때 정치가.

一朶紅葩載輀車

(일타홍파재이거)

한 줄기 붉은 꽃을 상여에 실었는데

芳魂何事去躊躇

(방혼하사거주저)

꽃다운 넋 어찌해 가기를 주저하는고.

錦江秋雨丹旌濕

(금강추우단정습)

금강 가을비 명정을 적시니

疑是佳人別淚餘

(의시가인별루여)

아마도 이는 일타홍의 이별 눈물이리라.

(註) 一松 沈喜壽는 젊었을 때 狂悖했으나, 錦山名妓 일타홍을 만난 뒤부터 학업에 열중하여 立身했다. 그녀가 금산의 부모를 보고 싶어하므로, 금산 고을 원이 되었는데, 거기서 일타홍이 죽자, 일송은 자기네 선영에 일타홍을 묻고자 하여, 상여가 서울로 향하며 금강을 지날 때 지은 것이 이 시이다.

(67) 義相庵(의상암)

_奇遵(기준 1492~1521): 조선 중종 때 문관. 호 復齋(복재).

孤臺矗矗入煙空
(고대촉촉입연공)　　　　홀로선 암자 뾰족 높아 이내 낀 하늘에 들고
雲盡滄溟一望窮
(운진창명일망궁)　　　　구름 끝 너른 바다 일망무제로구나.

三十八峰秋夜月
(삼십팔봉추야월)　　　　서른여덟 봉우리마다에 걸린 가을밤의 달
玉簫吹徹海天風
(옥소취철해천풍)　　　　옥피리 소리 바람 타고 바다 하늘에 사무치네.

(68) 吹笛(취적) 피리 불다

_杜甫(두보 712~770): →(3)可惜.

吹笛秋山風月淸
(취적추산풍월청)　　　　가을 산에서 피리 부니 바람과 달 맑아
誰家巧作斷腸聲
(수가교작단장성)　　　　누가 애끊는 소리 교묘히 부는가.
風飄律呂相和切
(풍표율려상화절)　　　　바람에 가락 실려 조화됨이 절실하니
月傍關山幾處明
(월방관산기처명)　　　　달은 고향 산 따라 몇 곳에나 밝았던고.

胡騎中宵堪北走

(호기중소감북주)　　　劉琨(유곤)이 오랑캐 기마병이 밤중에

　　　　　　　　　　　북으로 달아나게 했던 일과

武陵一曲想南征

(무릉일곡상남정)　　　馬援(마원)이 武溪深(무계심) 노래 한 곡조를 화답

　　　　　　　　　　　하여 남쪽 오랑캐를 정벌했음을 상기하노라.

故園楊柳今搖落

(고원양류금요락)　　　고향의 버들 이제 잎 떨어지겠는데

何得愁中却盡生

(하득수중각진생)　　　시름 속에 어찌 또 시름되게 하는가.

(69) 子規(자규) 소쩍새

_端宗(단종 1441~1457): 조선 제4대 임금.

一自冤禽出帝宮

(일자원금출제궁)　　　　　궁중을 나와 원한 많은 새 되어

孤身隻影碧山中

(고신척영벽산중)　　　　　산 속에서 고신척영 외로운 신세로구나.

假眠夜夜眠無假

(가면야야면무가)　　　　　옷 입은 채 잠들려 하지만 잠 오지 않고

窮恨年年恨不窮

(궁한연년한불궁)　　　　　해마다 한은 쌓여 끝간 데 없네.

聲斷曉岑殘月白

(성단효잠잔월백)　　　　새벽 산 지는 달에 그 소리 애 끊나니

血流春谷落花紅

(혈류춘곡낙화홍)　　　　봄 골짝에 그 피 흘러지는 꽃 붉었구나.

天聾尙未聞哀訴

(천롱상미문애소)　　　　하늘은 귀 멀어 슬픈 하소연 듣지 못하고

何乃愁人耳獨聰

(하내수인이독총)　　　　시름겨운 나만 귀 밝으니 어쩐 일인고.

(70) 嘲鼠(조서) 쥐를 조롱하다

_權榘(권구?): 조선 경종 때 선비. 호 屛谷.

爾本無家依我屋

(이본무가의아옥)　　　　너는 본디 집이 없어 내 집 신세지면서

旣依胡乃反穿爲

(기의호내반천위)　　　　그런 주제에도 어째서 온데를 뚫어쌓는고.

固知爾亦無長慮

(고지이역무장려)　　　　너도 긴 앞날 생각 못함을 잘 알겠나니

我屋顚時爾失依

(아옥전시이실의)　　　　내 집 무너지면 너 의지할 곳 없잖느냐.

(71) 九連城(구련성) 만주 구련성

_朴趾源(박지원 1737~1805): 조선 후기 학자. 호 燕岩.

臥念遼陽萬里中

(와념요양만리중)　　　　　　　　누워 만리 넓은 요양 땅을 생각해보니

山河今古幾英雄

(산하금고기영웅)　　　　　　　　고금으로 이 산하에 몇 영웅이 나왔던가.

樹連李勣曾開府

(수련이적증개부)　　　　　　　　숲은 唐 이적이 머물던 곳까지 이어지고

雲壓東明舊住宮

(운압동명구주궁)　　　　　　　　구름은 동명성왕 살던 옛 궁궐을 둘렀네.

(72) 戲作 － 挽洞庭春(희작 － 만동정춘)

_沈守慶(심수경 1516~1599): 선조 때 名臣.

生別長含惻惻情

(생별장함측측정)　　　　　　　　살아 이별에 마음 항상 슬프더니

那知死別忽呑聲

(나지사별홀탄성)　　　　　　　　죽어 이별하니 울음소리 삼켜짐을 어이 알리.

乍聞凶訃腸如裂

(사문흉부장여열)　　　　　　　　뜻밖의 부고 받자 창자 끊어지는 듯하고

細憶音容淚自傾

(세억음용누자경)　　　　　　　　그의 음성, 자태 세세히 그리니 눈물 절로 나네.

書札幾曾來浿水

(서찰기증내패수)　　편지는 몇 번이나 대동강-평양-에서 왔던고

夢魂無復到箕城

(몽혼무부도기성)　　꿈에라도 다시는 기성-평양-에 못 가겠구나.

嬋娟戲語還成讖

(선연희어환성참)　　　선연동 희롱의 말이 예언이 되었으니

愧我泉原負舊盟

(괴아천원부구맹)　　저승에 가면 옛 맹세 저버린 것 부끄럽겠구나.

(73) 次韻穆父贈高麗松扇二首 제2수

(차운목부증고려송선이수)

_黃庭堅(황정견 1045~1105): 중국 宋의 시인, 文官. 호 山谷.

文人玉立氣高寒

(문인옥립기고한)　　문인은 지조 굳어 기상이 높고 냉정한데

三韓持節見神山

(삼한지절견신산)　　고려에 사신으로 가 삼신산을 보았다하네.

合得安期不死藥

(합득안기불사약)　　알맞게도 안기생의 불사약을 얻어와

使我蟬蛻塵埃間

(사아선세진애간)　　속세의 나를 허물 벗듯 벗겨 주는구나.

(74) 寄無說師(기무열사)

_金齊顏(김제안 ?~1368): 고려 공민왕 때 文臣. 자 仲賢.

世事紛紛是與非

(세사분분시여비)　　　　세상 일 어수선하여 시비도 많아

十年塵土汚人衣

(십년진토오인의)　　　　여러 해 그 속에 살다가 옷만 더럽혔네.

落花啼鳥春風裏

(낙화제조춘풍리)　　　　꽃 지고 새 우는 봄바람 속에

何處靑山獨掩扉

(하처청산독엄비)　　　　어느 곳 청산에서 문 닫고 혼자 살까.

(75) 眉娘詞三首제3수(미낭사삼수)

_梁杜東(양주동 1903~1997?): 국문학자, 시인. 호 无涯.

尋常竊藥月中奔

(심상절약월중분)　　　　무단히 仙藥 먹고 달 속으로 갔다던가

幾箇閒人惹議論

(기개한인야의론)　　　　일 없는 뒷사람들 의론도 많다건만

羿后射烏忘射雉

(예후사오망사치)　　　예후처럼 까마귀만 쏘았지 꿩 쏘기를 잊었으니

難敎阿娜笑迎門

(난교아나소영문)　　　무슨 낮으로 고운 아가씨 반겨 웃길 바랐으료.

(76) 贈吉冶隱(증길야은)

_南在(남재 1351~1419): 조선 개국공신. 호 龜亭.

高麗五百獨先生

(고려오백독선생)　　　　　고려 5백 년에 참다운 분 길 선생뿐

一代功名豈足榮

(일대공명기족영)　　　　　한 시대 공명 누리기를 어찌 바랐으리.

凜凜淸風吹六合

(늠름청풍취육합)　　　　　그 맑은 바람 늠름하게 온 사방으로 부니

朝鮮億載永嘉聲

(조선억재영가성)　　　　　조선에 영원히 아름다운 명성 전해지리라.

(77) 秋千(추천) 그네

_蔡濟恭(채제공 1720~1799): 정조 때 영의정. 호 樊巖.

秋千貴高聳

(추천귀고용)　　　　　그네는 공중에 높이 솟아오름이 귀하나니

摘葉始稱奇

(적엽시칭기)　　　　　나뭇잎을 따야만 잘 뛴다고 칭송이라.

愼勿誇豪快

(신물과호쾌)　　　　　그렇지만 호쾌함을 너무 자랑하지 말라

快處憂患隨

(쾌처우환수)　　　　　그 호쾌함에서 우환이 따를 수도 있으니.

(78) 華容道(화용도) ＜觀優戱20首中제10수＞

_宋晩載(송만재): →(47)觀優戱.

秋雨華容走阿瞞

(추우화용주아만)　　　가을비 내리는 화용도 길을 조조가 달아나니

髥公一馬把刀看

(염공일마파도간)　　　관운장이 말에서 장검 잡고 바라보네.

軍前搖尾眞狐媚

(군전요미진호미)　　군사들 앞에서 꼬리 흔들며 아양 떠는 여우 꼴이니

可哂奸雄骨欲寒

(가소간웅골욕한)　　　간사한 영웅이 발발 떠는 모양 가소롭구나.

(註) *華容道: 적벽의 길 이름. 12잡가의 하나. 赤壁歌. *阿瞞: 曹操의 兒名. *搖尾: 꼬리를 흔듦. 비굴한 모양. *狐媚: 여우의 교활한 아양.

(79) 廣寒樓(광한루)

_林悌(임제 1549~1587): 조선 선조 때 文人. 호 白湖.

賓主交歡俗物稀

(빈주교환속물희)　　　손과 주인 기쁨을 나누니 속되지 않고

一樓除我總能詩

(일루제아총능시)　　　모인 분 중 나 말고 모두 시에 능하구나.

晩山當檻雲初斂

(만산당함운초렴)　　　저녁 산 난간에 다가와 구름 거두어지고

淸景撩人席屢移

(청경요인석루이)　　맑은 경개 사람 부추겨 자리 자주 옮기네.

半醉半醒深夜後

(반취반성심야후)　　술 취한 듯 깬 듯 밤 깊어진 뒤

相逢相別落花時

(상봉상별낙화시)　　꽃 떨어질 때 만나고 헤어지고 하네.

橋頭楊柳和烟綠

(교두양류화연록)　　다리 가 버들 이내와 어울려 더 푸르니

欲折長枝贈所思

(욕절장지증소사)　　긴 가지 꺾어 그 임에게 주고 싶어라.

(80) 詠懷(영회)

_郭再祐(곽재우 1552~1617): 임진왜란 때 義兵將. 호 忘憂堂.

昔日驅馳萬死身

(석일구치만사신)　　지난날 戰陣에서 달리다 만 번 죽었을 몸

如今無事一閑人

(여금무사일한인)　　이제는 무사해 한가로운 사람 되었어라.

篳空休惱無糧粒

(필공휴뇌무량립)　　울 비고 쌀 한 톨 없어도 괴롭지 않아

年老忘憂絶世塵

(연로망우절세진)　　늘그막에 근심 잊어 속세 인연 끊었네.

(81) 贈惟政(증유정)

_李植(이식 1584~1647): 조선 인조 때 名臣. 호 澤堂.

制賊無長策

(제적무장책)　　　　나라에서는 왜적을 물리칠 방책이 없어

雲林起老師

(운림기노사)　　　　산 속 절에 사는 스님이 일어났었네.

行裝衝海遠

(행장충해원)　　　　여행 차림은 멀리 바다와 부딪는 일이라

肝膽許天知

(간담허천지)　　　　장한 의지는 하늘에 맡기었어라.

試掉三寸舌

(시도삼촌설)　　　　세 치 혀를 움직이는 언변만을 꾀했으니

何須六出奇

(하수육출기)　　　　기발한 계책 六出奇計가 무슨 소용 있었으리.

歸來報聖主

(귀래보성주)　　　　돌아와 임금님께 아뢰면서도

依舊一筇枝

(의구일공지)　　　　가진 것은 여전히 대지팡이 하나뿐이었어라.

(82) 義州砲樓(의주포루)

_崔大立(최대립 ?): 조선 인조 때 譯官. 호 蒼崖.

萬里行裝歲又窮
(만리행장세우궁)　　　　만리 갈 차림인데 한 해 또 저물어

危樓獨立倚西風
(위루독립의서풍)　　　　높은 누대에서 서풍 맞으며 홀로 섰네.

衝冠短髮心猶壯
(충관단발심유장)　　　　관을 찌르는 머리 짧으나 마음만은 장해

透甲長虹劍自雄
(투갑장홍검자웅)　　　　갑옷 뚫는 긴 무지개 같은 장검이로세.

(83) 鍊戎臺(연융대)

_金尙彩(김상채 ?): 조선 영조 때 文官. 저서 '蒼岩集'.

蕩春化改鍊戎臺
(탕춘화개연융대)　　　　탕춘대를 연융대로 고치니

虎踞龍盤特地開
(호거용반특지개)　　　　웅장한 山勢에 독특한 곳 되었네.

天筆慇懃倚伏重
(천필은근의복중)　　　　귀한 필적 은근해 보였다 안 보였다 하고

金湯都付總營來
(금탕도부총영래)　　　　金城湯池라 軍事 일 총괄토록 했구나.

(84) 濯髮(탁발)

_宋時烈(송시열 1607~1689): 조선 중기 대학자, 정치가. 호 尤菴.

濯髮淸川落未收
(탁발청천낙미수)　　　　냇물에서 머리감다 빠진 머리칼 못 주워

一莖飄向海東流
(일경표향해동류)　　　　머리칼 한 올 물에 떠 바다로 흘러가네.

蓬萊仙子如相見
(봉래선자여상견)　　　　봉래산 신선들 이 머리칼 본다면

應笑人間有白頭
(응소인간유백두)　　　　인간에게도 백발 있는가 응당 비웃으리.

(85) 貧吟(빈음)

_金炳淵(김병연 1807~1863): 조선 후기 放浪詩人. 김삿갓.

盤中無肉權歸菜
(반중무육권귀채)　　　　밥상에 고기 없어 채소에만 젓가락 가고

廚中乏薪禍及籬
(주중핍신화급리)　　　　부엌에 땔나무 없어 울타리에 화 미치네.

姑婦食時同器食
(고부식시동기식)　　　　끼니때 고부는 한 그릇에 같이 먹고

出門父子易衣行
(출문부자역의행)　　　　부자가 나들이 갈 때면 옷 바꾸어 입네.

(86) 病中示子安性(병중시자안성) 병중에 아들 안성에게 주다

_朴元亨(박원형 1411~1469): 조선 세조 때 文臣. 호 晚節堂.

今夜樽前酒數巡
(금야준전주수순)　오늘밤 너와 나 술 몇 巡杯 되었구나

汝年三十二靑春
(여년삼십이청춘)　네 나이 서른 둘 청춘이라

吾家舊物唯淸白
(오가구물유청백)　우리 집안 대대로 전해오는 건 청백이니

好把相傳無限人
(호파상전무한인)　잘 간직해 자손 대대로 이어지게 하여라.

(87) 卽事(즉사)

_金蓍國(김시국 ?): 조선 광해군 때 吏曹參判. 호 東村.

造物欺吾貧且病
(조물기오빈차병)　조물주는 날 속여 가난과 병만 주어

風摧茅屋雨頹墻
(풍최모옥우퇴장)　바람은 지붕 쓸고 담은 비에 무너지네.

隨時葺得非難事
(수시즙득비난사)　때 따라 지붕 덮는 일 어렵지 않지만

臥見南山亦不妨
(와견남산역불방)　그 통에 남산 바라봄도 해롭지는 않구나.

(88) 絶命詞(절명시)

_金子粹(김자수 ?): 고려 우왕 때 賢臣. 본관 慶州. 호 桑村.

平生忠孝意

(평생충효의) 평생에 충효의 뜻 품었었는데

今日有誰知

(금일유수지) 오늘날 누가 있어 알아나 주리.

一死吾休恨

(일사오휴한) 이렇게 죽으니 내 원한도 그만인가

九原應有知

(구원응유지) 저승에 계신 임은 이 뜻 응당 알아주시리.

(89) 述懷 - 次廣淵韻(술회 - 차광연운)
생각을 말하다 - 광연의 시에 차운하여

_盧公弼(노공필 1445~1516): 조선 중종 때 名臣. 호 菊齋.

長歌天地一身微

(장가천지일신미) 긴 노래 같은 천지에 비해 한 몸 미미한데

病骨支離壯志違

(병골지리장지위) 병든 몸 支離滅裂해 큰 뜻 어긋났네.

末世人情饒冷煖

(말세인정요냉난) 세상 인정은 추웠다 더웠다 변덕도 많지마는

高秋物色煥芳菲

(고추물색환방비) 깊은 가을 경치는 꽃처럼 빛나는구나.

功名自古多招禍

(공명자고다초화)　　　　부귀공명은 예로부터 화를 불러들이나니

進退何人早決機

(진퇴하인조결기)　　　　벼슬 진퇴 기틀을 일찍 알아차려야 하리라.

投老江南吾已定

(투로강남오이정)　　　　늙어서야 고향 강남－順天－ 가기로 정했으니

未容五十始知非

(미용오십시지비)　　　　五十而知非란 말 받아들이지 못한 셈일세.

(90) 懶婦吟(나부음)

_李瑞雨(이서우 1633~ ?): 조선 현종 때 文官. 호 松谷.

三年着盡嫁時衣

(삼년착진가시의)　　　　시집오며 입던 옷 삼 년 만에 헤지고

夫婦情深罵語稀

(부부정심매어희)　　　　부부간 정 깊어 꾸지람 듣는 일 드물다.

乳哺稚兒耽晝睡

(유포치아담주수)　　　　아이 젖 물려 낮잠 자기 일쑤요

爪劉蟣虱愛朝暉

(조유기슬애조휘)　　　　손톱으로 이 잡느라 아침 햇볕 즐기네.

春蔬滿野寧携筐

(춘소만야영휴광)　　　　들 가득 봄나물인데도 광주리 들지 않고

秋雁傳聲不上機

(추안전성불상기)　　　　기러기 가을 알리건만 베틀에 안 오르네.

同里事神晨擊缶
(동리사신신격부) 　　　　동네 굿하려고 새벽 장구 소리 들리면
柴扉借掩走如飛
(시비차엄주여비) 　　　　사립문 닫아 달라 부탁하곤 날듯이 달려가.

(91) 哭亡兒(곡망아)

_沈友燮(심우섭?): 每日申報 기자, 漢詩人. 호 天風.

春宵何曙遲
(춘소하서지) 　　　　봄밤 왜 새벽되기 더딘고
聽雨更添悲
(청우갱첨비) 　　　　비 내리는 소리 슬픔을 더하는데.

華藏山深處
(화장산심처) 　　　　화장산 깊은 곳 무덤에도 비 내려
子寒父不知
(자한부부지) 　　　　어린것이 추울 텐데 이 아비 방안에 있구나.

(92) 題'百八煩惱'後 第3수(제'백팔번뇌'후)

_梁柱東(양주동): →(75)眉娘詞.

舉世狂歌唱後庭
(거세광가창후정) 　　　　온 세상 옥수후정화 미친 노래 부르니

何人能作楚人醒

(하인능작초인성)　　　　누가 초나라 사람을 깨칠 수 있었으랴.

晚來相對斷腸集

(만래상대단장집)　　　　늦게야 '백팔번뇌' 단장의 글들 보니

始覺燈前雙眼靑

(시각등전쌍안청)　　　　등불 앞에서 두 눈 정거워짐을 깨닫네.

(註) 백팔번뇌는 六堂의 시조집으로 첫머리 '궁거워' 첫 수는 "위하고 위한 구슬 싸고 다시 싸노매라. 때 묻고 이 빠짐을 임은 아니 탓하셔도, 바칠 제 성하옵도록 나는 애써 가왜라"임.

(93) 絶句(절구)

_金正喜(김정희 1786~1856): 조선 후기 金石學者, 書道家. 호 秋史.

一院秋苔不掃除

(일원추태불소제)　　　　가을 이끼 그대로 두어 온 집에 끼었고

風前紅葉漸飄疎

(풍전홍엽점표소)　　　　붉은 단풍잎 바람에 날려버려 드물구나.

虛堂盡日無人過

(허당진일무인과)　　　　텅 빈 마루에 종일토록 들르는 사람 없어

老樹低頭聽讀書

(노수저두청독서)　　　　늙은 나무 고개 숙여 글 읽는 소리 듣네.

(94) 煙寺晚鍾(연사만종) 안개 낀 절의 저녁 종소리

_李仁老(이인로 1152~1220): 고려 명종 때 학자. 호 雙明齋.

千回石徑白雲封

(천회석경백운봉)　　　천 구비 돌아 오르는 돌길을 구름이 막았고

巖樹蒼蒼晚色濃

(암수창창만색농)　　　바위 위 푸른 나무에 저녁 빛 짙어라.

知有蓮房藏翠壁

(지유연방장취벽)　　　절간이 푸른 절벽에 가리웠음을 알겠나니

好風吹落一聲鍾

(호풍취락일성종)　　　댕그랑 종소리 바람에 실려 오기에.

(95) 五夜(오야) 새벽

_陳澕(진화 1181~ ?): 고려 신종 때 文人. 호 梅湖.

五夜不知風雨惡

(오야부지풍우악)　　　첫 새벽에 비바람 사나움을 알지 못하고

醉和殘夢度晨鷄

(취화잔몽도신계)　　　취하여 꿈꾸다가 새벽닭 우는소리 넘겼네.

家僮忽報南溪漲

(가동홀보남계창)　　　아 이놈 갑자기 냇물 넘친다 소리쳐

半泛山花到石階

(반범산화도석계)　　　산꽃은 물에 떠 섬돌 반이나 찼구나.

(96) 戟巖(극암) _吳世才(오세재?): 고려 명종 때 학자. 자 德全. 본관 高敞.

北嶺石巉巉
(북령석참참)

북쪽 영마루 바위 높고도 험하여

傍人號戟巖
(방인호극암)

사람들 이름 하기를 창바위라 하네.

逈撞乘鶴晉
(형단승학진)

멀리는 학을 탄 王子 晉을 들이받고

高刺上天咸
(고자상천함)

높이 하늘로 오르는 巫咸을 찌르네.

揉柄電爲火
(유병전위화)

자루를 펴기에는 번개가 불길이 되고

洗鋒霜是鹽
(세봉상시염)

칼날 씻기에는 서리가 소금 되는구나.

何當作兵器
(하당작병기)

어찌하면 저 바위를 무기로 만들어

敗楚亦亡凡
(패초역망범)

초나라 패망케 하고 범나라까지 망칠꼬.

(註) *晉: 중국 周 靈王의 태자. '王子喬'라고도 하며, 학을 타고 생황을 불며 채운 간에 사라져 신선이 되었다 함. *咸: 巫咸. 고대 중국 黃帝 때 무당. 하늘과 땅을 오르내릴 수 있었다 함. *凡: 중국 춘추 때 周公의 아들을 봉한 나라.

(97) 西山(서산)

_常建(상건 708~765): 중국 盛唐의 시인. 進士及第했음.

一身爲輕舟
(일신위경주)　　　　　　　　이 몸 조각배가 되어

落日西山際
(낙일서산제)　　　　　　　　해지는 서산 끝에 있구나.

常隨去帆影
(상수거범영)　　　　　　　　늘 큰 배 돛 그림자 따라가며

遠接長天勢
(원접장천세)　　　　　　　　멀리 저 하늘 형세에 닿네.

物象歸餘淸
(물상귀여청)　　　　　　　　온갖 사물 해 진 뒤의 맑음으로 돌아가고

林巒分夕麗
(임만분석려)　　　　　　　　숲 우거진 산은 석양의 고움 나누어 가졌네.

亭亭碧雲暗
(정정벽운암)　　　　　　　　멀리 뜬 푸른 구름 어두워지자

日入孤霞繼
(일입고하계)　　　　　　　　해는 지고 노을 하나 뒤를 잇는구나.

洲渚遠陰映
(주저원음영)　　　　　　　　모래 섬 가에는 먼 그늘 비치는데

湖雲尙明霽
(호운상명제)　　　　　　　　호수에 떠있는 구름 아직도 밝구나.

林昏楚色來
(임혼초색래)　　　　　　　　숲 어두우니 牡荊꽃빛－淡紫色－이 되고

岸遠荊門閉

(안원형문폐)　　　　　　　　먼 언덕에는 사립문 닫혔구나.

至夜轉淸廻

(지야전청회)　　　　　　　　밤이 되자 더욱 맑아지는데

蕭蕭北風厲

(소소북풍려)　　　　　　　　쓸쓸한 하늬바람 드세어지네.

沙邊雁鷺泊

(사변안로박)　　　　　　　　모래밭가에 기러기와 해오라기 머무는데

宿處蒹葭蔽

(숙처겸가폐)　　　　　　　　그 잠자리는 갈대로 덮여 보이지 않는구나.

圓月逼前浦

(원월핍전포)　　　　　　　　동그란 달이 앞 개어귀에 다가와 있을 때

孤琴又搖曳

(고금우요예)　　　　　　　　홀로 타는 거문고로 한가로이 즐기네.

冷然夜逐深

(냉연야수심)　　　　　　　　차가워지는 밤 차츰차츰 깊어지며

白露霑人袂

(백로점인메)　　　　　　　　흰 이슬 내 소매를 적시는구나.

(98) 愁歇院途中(수헐원도중)

_金之岱(김지대 1190~1266): 고려 고종 때 名臣.

花落鳥啼春睡重

(화락조제춘수중)　　　꽃 지고 새 우는 봄이라 노곤한 졸음 거듭되는데

煙深野闊馬行遲

(연심야활마행지)　　　안개 깊은 확 트인 들판 말 걸음 더디네.

碧山萬里舊遊遠

(벽산만리구유원)　　　푸른 산 만리 먼 길 예 유람하던 일 아스라한데

長笛一聲何處吹

(장적일성하처취)　　　들려오는 저 피리소리 어디서 부는 건고.

(99) 懸齋雪夜(현재설야)

_崔瀣(최해 1287~1340): 고려 충숙왕 때 문학자. 호 拙翁.

三年竄逐病相仍

(삼년찬축병상잉)　　　세 해나 쫓김을 당하니 병도 잦아

一室生涯轉似僧

(일실생애전사승)　　　단칸 방에 혼자 신세 바로 중이로구나.

雪滿四山人不到

(설만사산인부도)　　　산마다 눈 가득 찾아오는 사람 없어

海濤聲裡坐挑燈

(해도성리좌도등)　　　바다 파도소리 속에 등잔 심지만 돋우네.

(100) 寒碧堂(한벽당)

_李秉岐(이병기 1891~1968): 국문학자, 시인. 호 가람.

朝夕登臨寒碧堂

(조석등림한벽당)　　　아침저녁으로 한벽당에 오르니

山間景色變無常

(산간경색변무상)　　　　　　산간의 경치 무상하게 바뀌는구나.

雲歸煙歇岩林下

(운귀연헐암림하)　　　　　　구름 개니 이내는 숲 아래까지 없어지고

一帶淸流百里長

(일대청류백리장)　　　　　　한 줄기 맑은 시냇물 백 리 멀리 흐르네.

(101) 雜興九首제1수(잡흥구수)

_崔惟淸(최유청 1095~1174): 고려 명종 때 文臣.

春草忽已綠

(춘초홀이록)　　　　　　　봄 풀 어느새 푸르고

滿園胡蝶飛

(만원호접비)　　　　　　　동산 가득 나비 날아다니네.

東風欺人睡

(동풍기인수)　　　　　　　동풍은 낮잠 자는 나를 깔보는 듯

吹起床上衣

(취기상상의)　　　　　　　옷자락에 불어 일어나게 하네.

覺來寂無事

(각래적무사)　　　　　　　잠 깨니 아무 일 없이 고요하기만 한데

林外射落暉

(임외사낙휘)　　　　　　　숲 사이로 지는 햇살 눈부시구나.

依檻欲歎息

(의함욕탄식)　　　　　　　난간에 기대어 탄식코자 하나

靜然已忘機

(정연이망기)　　　　　　너무도 고요해 세상일 모두 잊게 되네.

(102) 詠酒(영주)

_郭夫人(곽부인 ?): 조선 효종 때 여류시인. 金銑根의 아내.

酒似情人離則戀

(주사정인이즉련)　　　　　　술은 임과 같아 헤어지면 그립고

愁如白髮落還生

(수여백발낙환생)　　　　　　시름은 백발 같아 떨어지면 도로 나네.

(103) 士園偶吟(사원우음) 사원에서 우연히 읊다

_權溥(권부 1262~1346): 고려 충렬왕 때 학자. 초명 永. 호 菊齋.

龍岫山前春雨過

(용수산전춘우과)　　　　　　용수산 앞에 봄비 지나가니

繞門溪石水聲多

(요문계석수성다)　　　　　　동산 문 두른 시내 바위 물소리 높네.

清和天氣宜風詠

(청화천기의풍영)　　　　　　화창한 날씨에 바람소리 좋고

步上園亭坐晚霞

(보상원정좌만하)　　　　　　동산 정자 걸어올라 저녁노을에 앉았네.

(104) 放舟向峨嵋山(방주향아미산)

_李齊賢(이제현): →(13)耽羅新詞.

錦江江上白雲秋

(금강강상백운추)　　　　　　금강 위에 흰 구름 뜬 가을

唱撤麗駒下酒樓

(창철이구하주루)　　　　　　송별 노래 끝나고 주막집으로 내려가네.

一片紅旗風閃閃

(일편홍기풍섬섬)　　　　　　한 조각 붉은 깃발 바람에 나부끼고

數聲柔櫓水悠悠

(수성유로수유유)　　　　　　가벼이 노 젓는 소리에 강물 넘실거리네.

雨催寒犢歸漁店

(우최한독귀어점)　　　　　　비 올 듯해 송아지는 주막으로 뛰어들고

波送輕鷗近客舟

(파송경구근객주)　　　　　　파도 속 갈매기 뱃머리로 다가오는구나.

孰謂書生多不遇

(숙위서생다불우)　　　　　　선비는 불우함이 많다고 누가 말했던가

每因王事飽淸遊

(매인왕사포청유)　　　　　　늘 나랏일로 해서 자연을 한껏 즐기는데.

(105) 途中避雨有感(도중피우유감)

_李穀(이곡 1298~1351): 고려말 학자. 호 稼亭.

甲第當街蔭綠槐

(갑제당가음록괴)　　　　　　느티나무 덮인 속 좋은 저택

高門應爲子孫開

(고문응위자손개)　　　높직한 소슬 대문 자손 위한 마련이건만

年來易主無車馬

(연래역주무거마)　　　요즈음 주인 바뀌어 찾아오는 손님 없고

唯有行人避雨來

(유유행인피우래)　　　다만 지나는 길손 비 피하려 올뿐일세.

(106) 題僧舍(제승사)

_李崇仁(이숭인 1349~1392): 고려말 학자. 호 陶隱.

山北山南細路分

(산북산남세로분)　　　산의 남북으로 오솔길 갈라졌고

松花含雨落繽紛

(송화함우낙빈분)　　　소나무 꽃 비 머금어 많고 성하구나.

道人汲井歸茅舍

(도인급정귀모사)　　　스님이 물 길러서 암자로 돌아가니

一帶靑煙染白雲

(일대청연염백운)　　　흰 구름에 섞이는 차 달이는 푸른 연기.

(107) 卽事(즉사) _趙云仡(조운흘 1332~1404): 고려말, 조선 초 文臣.

柴扉日午喚人開

(시비일오환인개)　　　한낮에 아이 불러 사립문 열라 하고

步出林亭坐石苔

(보출임정좌석태)　　　　　　　숲 속 정자로 나가 바위에 앉았네.

昨夜山中風雨惡

(작야산중풍우악)　　　　　　　어젯밤 산 속에 비바람 거세더니

滿溪流水泛花來

(만계유수범화래)　　　　　　　골짜기 가득 흐르는 물에 꽃잎 떠오네.

(108) 春色(춘색)

_偰長壽(설장수 1341~1399): 고려말, 조선 초 文臣. 호 云齋.

春色可天地

(춘색가천지)　　　　　　　천지에 봄빛이 두루 퍼졌는데

江淮猶甲兵

(강회유갑병)　　　　　　　중국 강남에는 아직도 전쟁인가.

謾依詩歲月

(만의시세월)　　　　　　　부질없이 시 지으며 세월 보내고

不羨世功名

(불선세공명)　　　　　　　세상의 공명은 부러워하지 않네.

白眼如無見

(백안여무견)　　　　　　　홀겨보는 눈에는 보이는 게 없으련만

靑山似有情

(청산사유정)　　　　　　　푸른 산만은 정겹구나.

濁醪聊適意

(탁료요적의)　　　　　　　막걸리는 내 뜻에 퍽 알맞아

時復喚兒傾

(시부환아경)　　　　　　　때때로 아이 불러 술 따르라 하네.

(109) 夜坐(야좌)

_許蘭雪軒(허난설헌 1563~1589): 조선 선조 때 여류시인. 楚姬..

金刀剪出篋中羅

(금도전출협중라)　　　　　　상자 속 비단 꺼내 가위로 베어

裁就寒衣手屢呵

(재취한의수루가)　　　　　　두 손 호호 불며 겨울 옷 마르네.

叙拔玉釵燈影畔

(서발옥차등영반)　　　　　　옥비녀 뽑아서 불똥 끄집어내어

剔開紅焰救飛蛾

(척개홍염구비아)　　　　　　붉은 불꽃 잘라 부나비 살려내네.

(110) 訪山(방산) _李奎報(이규보 1168~1241): →(22)燈夕入闕有感.

風和日暖鳥聲喧

(풍화일난조성훤)　　　　　바람 화창하고 날씨 온화해 새소리 어지럽고

垂柳陰中半掩門

(수류음중반엄문)　　　　　수양버들 그늘 속 절 문은 반쯤 닫혔구나.

滿地落花僧臥醉

(만지낙화승와취)　　　　　뜰 가득 낙화인데 중은 졸고 앉았으니

山家猶帶太平痕

(산가유대태평흔)　　　　　　　산중 절간이 오히려 태평인가 하노라.

(111) 銅雀妓(동작기) _朱放(주방 ?): 중국 唐나라 시인.

恨唱歌聲咽

(한창가성열)　　　　　　　한이 서린 노랫소리 목이 메고

愁翻舞袖遲

(수번무수지)　　　　　　　시름 속에 추는 춤 움직임 느리네.

西陵日欲暮

(서릉일욕모)　　　　　　　서릉에 해 지려 하니

是妾斷腸時

(시첩단장시)　　　　　　　이 몸 애끊는 듯하구나.

(112) 公子行(공자행) 귀한 집 어린 자제의 노래

_劉希夷(유희이 652~680): 初唐 시인. 자 廷芝(庭芝).

天津橋下陽春水 天津橋上繁華子. 馬聲廻合靑雲外 人影搖動綠波裏.

(천진교하양춘수 천진교상번화자. 마성회합청운외 인영요동녹파리)

綠波淸迴玉爲砂 靑雲離披錦作霞. 可憐楊柳傷心樹 可憐桃李斷腸花.

(녹파청형옥위사 청운이피금작하. 가련양류상심수 가련도리단장화)

此日遨遊邀美女 此時歌舞入娼家. 娼家美女鬱金香 飛去飛來公子傍.

(차일오유요미녀 차시가무입창가. 창가미녀울금향 비거비래공자방)

的的朱簾白日映 娥娥玉顔紅粉粧. 花際徘徊雙蛺蝶 池邊顧步兩鴛鴦.

(적적주렴백일영 아아옥안홍분장. 화제배회쌍협접 지변고보양원앙)

傾國傾城漢武帝 爲雲爲雨楚襄王. 古來容光人所羨 況復今日遙相見.

(경국경성한무제 위운위우초양왕. 고래용광인소선 황부금일요상견)

願作輕羅看細咽 願爲面鏡分嬌面. 與君相向轉相親 與君雙棲共一身.

(원작경라간세열 원위면경분교면. 여군상향전상친 여군쌍서공일신)

願作貞松千歲古 誰論芳槿一朝新. 百年同謝西山日 千秋萬古北邙塵.

(원작정송천세고 수론방근일조신. 백년동사서산일 천추만고북망진)

*이 시를 李元燮(이원섭) 시인이 現代詩로 재구성하여 다음과 같이 읊었었다.

<현대문학, 1961년 8월호, 통권 80호>

天津橋 그 위에는 봄빛이 한창인데/金鞍白馬 달려 지나는 귀공자들/
물결에 그림자 저서 일렁이고 있구나.

물은 고와서 모래는 구슬 같고/구름 피어나고 비단같이 까는 안개/
꽃피고 버들 늘어져 안타까운 봄이여!

이날 靑樓에는 노래 춤 흥겨웁고/계집은 꽃 같아서 울금향을 풍기면서/
나는 듯 公子의 곁을 지났다가 왔다가.

계집의 고운 얼굴 무엇과 같다 할까/꽃에 날아드는 나비라면 어떨는
지?/아니면 못 가에 노는 원앙새라 할밖에.

漢武帝 아니라도 나라 아니 기울일까/楚襄王 아니언만 비 구름 되고 지
고/예쁜 것 눈앞에 두고 타오르는 가슴속.

치마라도 되었으면 저 허리에 감길 것을/
그대와 같이 살아서 두 몸 한 몸 되기를.

솔같이 변치 않는 절개 지켜 사는 이나/아침 저녁 폈다 지는 근화처럼

사는 이나/죽으면 북망산 위의 다 한 줌의 흙임을!

(113) 偶成(우성)

_程顥(정호 1032~1085): 중국 宋나라 학자. 明道先生.

雲淡風輕近午天

(운담풍경근오천) 구름 엷고 바람 가벼운 한낮

訪花隨柳過前川

(방화수류과전천) 꽃 보려고 버들 길 따라 앞내를 지나니

傍人不識餘心樂

(방인불식여심락) 옆 사람 내 마음의 느긋한 즐거움 모르니

將謂偸閑學少年

(장위투한학소년) 소년의 천진함을 배워보려 짬을 낸 것을.

(114) 絶句(절구)

_吳世昌(오세창 1864~1953): 독립운동가, 書道家. 호 葦滄.

石佛道人精篆刻

(석불도인정전각) 석불도인이 인장 새김이 정밀하여

刀痕靈妙落銅章

(도흔영묘낙동장) 칼자국 영묘하여 구리 도장에 남았네.

微明能得追秦漢

(미명능득추진한) 은근히 중국 진한 서체를 능히 좇았으니

詩以謝之吳世昌

(시이사지오세창)　　　　　　이에 오세창이 시로써 고마움을 표하노라.

(註) 경남 馬山의 篆刻 老人이 銅章 二顆를 생면부지의 위창께 보냈더니, 위창이
合竹扇에 이 시를 써서 보내주었다고 함.

<芮庸海 古竹山房主人(수필)>

(115) 寄揚州韓綽判官(기양주한작판관)

_杜牧(두목 803~852): 晚唐 시인. 호 樊川.

靑山隱隱水迢迢

(청산은은수초초)　　　　　　청산은 희미하고 물은 멀고 아득한데

秋盡江南草木凋

(추진강남초목조)　　　　　　가을 다한 강남에는 초목이 시들었네.

二十四橋明月夜

(이십사교명월야)　　　　　　스무 네 다리에 달 밝은 이 밤

玉人何處敎吹簫

(옥인하처교취소)　　　　　　고운 사람 어디에서 퉁소 불게 하는고.

(116) 送無可上人(송무가상인)

_賈島(가도 779~843): 中唐 시인. 호 碣石山人.

圭峰霽色新

(규봉제색신)　　　　　　뾰족한 봉우리 맑게 개어 경치 새로운데

逆此草堂人

(송차초당인) 　　　　이 아름다운 경치 속에서 상인을 송별하네.

塵尼同離寺

(진니동리사) 　　　　진니 스님도 절을 떠나갔으니

蛩鳴暫別親

(공명잠별친) 　　　　귀뚜라미 우는 때 벗들과 잠시 헤어지네.

獨行潭底影

(독행담저영) 　　　　홀로 못에 비친 그림자 벗하여 가며

數息池邊身

(삭식지변신) 　　　　자주 못 가에서 몸을 쉬리라.

終有煙霞約

(종유연하약) 　　　　이미 고요한 자연 속에서 살 기약 있으니

天召作近隣

(천소작근린) 　　　　하늘이 즐겨 맞이해 이웃이 되겠구나.

(註) 頸聯(제5~6구)은 3년 걸려 지었다고 함.

兩句三年得 <自述>

(117) 壁上詩(벽상시)

_權韠(권필 1569~1612): 조선 선조 때 文人. 호 石洲.

勸君更進一盃酒

(권군갱진일배주) 　　　　그대에게 술 한 잔 다시 권하지만

酒不到劉伶墳土

(주부도유령분토) 　　　　이 술이 유령의 무덤에는 이르지 않겠지.

三月將進四月來

(삼월장진사월래)　　　　　　삼월 봄 가려하고 사월 여름 오리니

桃花亂落如紅雨

(도화난락여홍우)　　　　　　복사꽃 마구 져 붉은 비 내리듯 하리.

(118) 題白鷺圖(제백로도)

_成三問(성삼문 1418~1456): 조선 단종 때 死六臣.

雪作衣裳玉作趾

(설작의상옥작지)　　　　　　눈처럼 흰 털 옥같이 고운 발톱

窺魚蘆渚幾多時

(규어노저기다시)　　　　　　갈대 물가에서 물고기 엿보기 얼마던가.

偶然飛過山陰縣

(우연비과산음현)　　　　　　우연히 산음 고을로 날아가

誤落羲之洗硯池

(오락희지세연지)　　　　　　왕희지 벼루 씻는 못에 내려앉았던 게지.

(119) 南歸記行122句 首尾聯(남귀기행)

호남으로 돌아가면서 읊다.

_尹善道(윤선도 1587~1671): 인조 때 문인, 시조대가. 호 孤山.

萬曆紀年三十九

(만력기년삼십구)　　　　　　明 神宗 39년(광해군3년 辛亥 － 1611년)

斗柄挿子日有七
(두병삽자일유칠)　　　　북두칠성 세 별이 子方인 7일(11월 17일).

修琴賣藥吾事畢
(수금매약오사필)　　　　거문고 수리, 약 구입하는 일 마치고

遙念庭闈向南國
(요념정위향남국)　　　　부모님 계신 곳 그리며 海南으로 향했네.

<首聯>

依閭陟岵今幾時
(의려척호금기시)　　　　부모 사랑 자식 효도 무려 몇 번이었나

疾病飢寒疑始釋
(질병기한의시석)　　　　병과 주림에서 풀려났는가가 의심스럽네.

幽人從此莫遠遊
(유인종차막원유)　　　　벼슬 않는 사람 멀리 여행하지 말 것이고

遠遊亦勿過時復
(원유역물과시복)　　　　원유해도 오래 걸리지 않아야 하리.

<尾聯>

(120) 玉堂聯句(옥당 연구)

_李塏(이개 1417~1456): →(12)梨花.

玉堂春暖日初遲
(옥당춘난일초지)　　　　옥당-집현전-에 봄 따뜻하고 처음 낮이 긴데

睡倚南窓養白癡
(수의남창양백치)　　　　남쪽 창에 기대 졸며 바보가 되네.

啼鳥數聲驚午夢
(제조수성경오몽)　　　　　몇 마디 새 우는소리에 낮잠 놀라 깨니
杏花嬌笑入新詩
(행화교소입신시)　　　　　살구꽃 예쁜 웃음 새로 짓는 시에 드는구나.

(121) 寄辛君亨(기신군형) _林悌(임제 1549~1587): →(79)廣寒樓.

曉起焚香坐
(효기분향좌)　　　　　새벽에 일어나 향 피우고 앉아
中庸讀數巡
(중용독수순)　　　　　중용을 몇 차례나 읽네.
自知章句陋
(자지장구루)　　　　　그 구절에서 제 고루함을 절로 알게 되어
始覺性靈眞
(시각성령진)　　　　　비로소 영혼의 참모습 깨치게 되네.

月靜潭心影
(월정담심영)　　　　　달은 못에 고요히 그림자 짓고
梅回雪裏春
(매회설리춘)　　　　　매화는 봄 맞아 눈 속에서 다시 피어
看看足生意
(간간족생의)　　　　　보면 볼수록 삶의 의욕 가득 차니
都只在吾身
(도지재오신)　　　　　모든 게 제 몸 마음가짐에 달린 것을.

(122) 挽朴誾(만박은)

_李荇(이행 1478~1534): 조선 중종 때 정승. 호 容齋.

斯人合在白雲鄉

(사인합재백운향)　　　　　이 사람은 신선세계에 있어야 할 텐데

一謫塵區海變桑

(일적진구해변상)　　　　　속세에 귀양와 모든 변천 겪었구나.

痛哭廣陵今已絶

(통곡광릉금이절)　　　　　광릉산 같은 시 그쳤음을 통곡하나니

此生無復聽峩洋

(차생무부청아양)　　　　　이승에서는 다시 아양 소리 들을 수 없네.

(註) *白雲鄉: 天帝가 사는 곳. 仙鄉. *海變桑: 桑田碧海. *廣陵散: 거문고 곡조 이름.
晉의 嵇康(혜강)이 隱者에게서 배웠다 함. *峩洋: 높은 산이나 양양한 강 또는 바
다를 나타낸 거문고 곡조. 거문고 名手 伯牙가 탔고 鐘子期만이 알아들었다고 함.

(123) 賜祭棘城 － 北路戰死者祭祀

(사제극성 － 북로전시지 제사)

_鄭惟吉(정유길 1515~1588): 조선 선조 때 정승. 호 林塘.

聖朝枯骨亦沾恩

(성조고골역첨은)　　　　　어진 임금 때라 해골에도 성은이 미치니

香火年年降塞門

(향화연년강새문)　　　　　해마다 변방 營門에 향화－제사－ 내리네.

祭罷上壇雷雨定

(제파상단노우정)　　　　제사 끝나자 제단 위쪽 비바람 잔잔해져

白雲如海滿前村

(백운여해만전촌)　　　　흰 구름이 바다인 양 앞마을에 자욱하네.

(124) 道庵十詠 제2수(도암십영) 도암 승경 열 곳을 읊다

_草衣(초의 1786~1866): 조선 정조 때 승려, 시인. 이름 意恂.

藏峯東秀挿天長

(장봉동수삽천장)　　　　장봉이 동으로 빼어나 하늘 끝 솟았는데

常吐月明供我堂

(상토월명공아당)　　　　늘 달이 돋아 내 집 밝게 비추네.

空庭對酌成三友

(공정대작성삼우)　　　　빈 뜰에서 잔질하니 세 벗이 되고

清粉時時宮桂香

(청분시시궁계향)　　　　계수나무 맑은 향기 때때로 옷에 감도네.

(125) 鳥嶺行(조령행)

_李民宬(이민성 1570~1629): 조선 인조 때 文官. 호 敬亭.

南人每苦鳥嶺惡

(남인매고조령악)　　　　영남 사람들 험악한 조령으로 하여 괴로우니

到此脚痒蹄亦脱
(도차각종제역탈)　　　여기 오면 정강이 붓고 말은 편자 벗겨지네.

儂言鳥嶺佑南人
(농언조령우남인)　　　이 조령이 영남 사람 도와준다고 나는 말하나니

保爾蓄積安爾室
(보이축적안이실)　　　그대들 재산 모으게 하고 그대 집 편케 한다오.

不見兩西幷兩湖
(불견양서병양호)　　　湖西와 關西 그리고 湖中과 湖南을 못 보았는가

雲帆蔽海達于洛
(운범폐해달우락)　　　구름처럼 바다 덮은 큰 돛배 서울로만 향하고

珉糜瓊稻舳艫接
(민미경도축로접)　　　옥 같은 흰쌀과 볏섬 실은 배들 舳艫千里요

瓌材巨筏交絡繹
(괴재거벌교낙력)　　　큰 재목 묶은 뗏목들 往來不絶인 것을.

鬻妻賣子處處苦
(육처매자처처고)　　　아내나 자식을 파느라 곳곳이 괴로워하는데

吾南豈非安且樂
(오남기비안차락)　　　우리 영남은 이리도 안락하지 않은가.

嗟哉嶺之險阻也如此
(차재영지험조야여차)　　　아아 조령이 이렇게 험악함이여

若通舟車民受厄
(약통주거민수액)　　　배와 수레가 통한다면 백성들만 재앙 입을 것을.

(126) 箕城聞白評事別曲

평양에서 白光弘의 관서별곡을 듣고

_崔慶昌(최경창 1539~1583): 조선 선조 때 三唐詩人. 호 孤竹.

錦繡煙花依舊色

(금수연화의구색)　　　　　　金수산 봄 경치 예 그대로요

綾羅芳草至今春

(능라방초지금춘)　　　　　　능라도의 꽃다운 풀 막 봄일세.

仙郞去後無消息

(선랑거후무소식)　　　　　　신선 같은 광홍이 간 뒤 소식 없더니

一曲關西淚滿巾

(일곡관서누만건)　　　　　　한 가락 관서별곡 들으니 눈물 가득해.

(參考) 관서별곡(歌辭) 첫머리: 관서 명승지에 왕명으로 보내실새 행장을 다스리니 칼 하나뿐이로다. 연조문 내달아 모화 고개 넘어드니 귀심이 빠르거니 고향을 사념하랴.

(127) 絶句(절구)

_金得臣(김득신 1604~1684): 조선 현종 때 문관, 시인. 호 栢谷.

驢背春眠足

(여배춘면족)　　　　　　나귀등에서 봄 졸음 실컷 즐기며

靑山夢裏行

(청산몽리행)　　　　　　푸른 산을 꿈속처럼 가다가

覺來知雨過

(각래지우과)

졸음 깨어 비 지나간 줄은

溪水有新聲

(계수유신성)

시냇물 새로이 졸졸거리는 소리로 알았네.

(128) 塞邑二首 第1수(새읍이수) 변방 고을 두 수 첫 수

_金萬重(김만중 1637~1692): 조선 숙종 때 문신, 문학자. 호 西浦.

塞邑非吾土

(새읍비오토)

변방의 고을은 우리 땅이 아닌가

羈人多苦顏

(기인다고안)

귀양 온 나그네로서 많이도 불쾌하구나.

有時風捲海

(유시풍권해)

때때로 모진 바람 바닷물 말아 올리고

連日雨渾山

(연일우혼산)

날마다 비는 온 산을 휘감네.

塞事今方始

(새시금방시)

국경 변방의 사업 이제야 시작이니

民生各未閒

(민생각미한)

백성의 삶 각각 한가롭지 않네.

庭前有古樹

(정전유고수)

뜰 앞에 오래된 나무 서 있어

倦鳥亦知還

(권조역지환)

날다 지친 새들도 역시 돌아올 줄 아네.

(129) 三淵新搆(삼연신구) 새로 얽은 내 집

_金昌翕(김창흡 1653~1722): 조선 숙종 때 학자. 호 三淵.

鷄犬人煙瀑布東

(계견인연폭포동)　　　　　폭포 동쪽에는 인가가 있는 곳

白茅爲屋居穹崇

(백모위옥거궁숭)　　　　　띠 지붕 초가 얽어 하늘 아래 살고 있네.

千巖映發秋冬際

(천암영발추동제)　　　　　많은 바위들 가을겨울이면 비쳐 오고

一逕盤紆雲霧中

(일경반우운무중)　　　　　구름 안개 속에 구불구불 오솔길 있네.

削玉蓮花峯秀出

(삭옥연화봉수출)　　　　　옥으로 깎은 듯한 연화봉이 빼어나고

彈琴鬼谷水回通

(탄금귀곡수회통)　　　　　탄금대와 귀곡대에는 물 감돌아 흐르네.

此中洗藥兼風珮

(차중세약겸풍패)　　　　　약초 씻기에다 패옥 소리 내는 바람이라

未必僊居讓葛翁

(미필선거양갈옹)　　　　　이 선경을 葛洪에게 양보할 수야 없지.

(130) 哭聽松先生(곡청송선생)

청송 성수침(成守琛) 선생을 곡하다.

_李珥(이이 1536~1584): 조선 중기 대학자. 호 栗谷.

嶽精偏敏碩人頎

(악정편민석인기)　　　　　산악의 정기 타고난 헌칠한 풍채

坐使儒林仰羽儀

(좌사유림앙우의)　　　　　유림에서는 봉황의 거동이라 우러렀네.

雲翼未瞻搏北極

(운익미첨박북극)　　　　　대붕의 날개 북극으로 박차 오름을 못 보고

霜英還惜老東籬

(상영환석노동리)　　　　　서리 맞은 국화 동편 울타리에서 시들어 아깝네.

淸和風月流聲影

(청화풍월유성영)　　　맑고 온화한 청풍과 명월이 그에게서 나온 듯하고

上下溪山入燕貽

(상하계산입연이)　　　　　주변의 산과 물은 편히 즐기도록 도왔구나.

滴盡平生丈夫淚

(적진평생장부루)　　　장부의 평생 흘릴 눈물 여기에서 다 흘렸으니

非斯爲慟爲伊誰

(비사위통위이수)　　　이런 분 위하지 않고 누구 위해 통곡하리오.

(131) 遊三角山地藏窟(유삼각산지장굴)

서울 삼각산의 지장굴을 유람하며

_李純仁(이순인 1543~1592): 조선 선조 때 8 문장가. 호 孤潭.

山僧笑問倚蹇驢

(산승소문의건려)　　절의 중이 나귀 타고 가는 나에게 웃으며 묻기를

何事年年雪裏行

(하사연년설리행)　　"어쩐 일로 해마다 눈 속을 가시오" 하네.

只愛滿山明月夜

(지애만산명월야)　　"다만 온산 가득 달 밝은 밤에, 죽창을 통해 들리는

竹窓風磬數聲淸

(죽창풍경수성청)　　맑은 풍경 소리 좋아해 그런다오" 했네.

(132) 冬之永夜(동지영야) _申緯(신위): →(55)會嶺鎭.

截取冬之夜半强

(절취동지야반강)　　　긴 겨울밤을 반나마 잘라내어

春風被裏屈蟠藏

(춘풍피리굴반장)　　봄바람 이불 속에 구불구불 감추었다가

有燈無月郎來夕

(유등무월낭래석)　　　달 없고 등잔 켠 때 낭군 오시면

曲曲鋪舒寸寸長

(곡곡포서촌촌장)　　굽이굽이 조금씩 펴 길게 하리라.

(註) 신위의 '海東小樂府(일명 紫霞小樂府)' 40수 중의 하나로, 黃眞伊의 다음 시
조를 漢譯한 것임. "동짓달 기나긴 밤을 한 허리 둘혜 내여, 춘풍 이불 아래 서리
서리 넣었다가, 어른님 오신 날 밤이어든 구비구비 펴리라."

(133) 實事求是(실사구시) _申緯(신위): 上소.

喫驚風波旱路行

(끽경풍파한로행)　　　　　　　　풍파에 잔뜩 놀라 육지로 가니

羊腸豺虎險於鯨

(양장시호험어경)　　　　　　　　구절양장에 산짐승들 고래보다 험하네.

從今非馬非船業

(종금비마비선업)　　　　　　　　이제는 말도 배도 모두 버리고

紅杏村深雨映耕

(홍행촌심우영경)　　　　　　　　살구꽃 붉은 마을에서 밭이나 갈리라.

(註) 張晩의 시조 한역임. "풍파에 놀란 사공 배 팔아 말을 사니, 구절양장이 물도
곤 어려웨라. 이 후란 배도 말도 말고 밭 갈기만 하리라."

(134) 胡蝶靑山去(호접청산거) _申緯(신위): 上소.

白蝴蝶汝靑山去

(백호접여청산거)　　　　　　　　흰나비야 너 푸른 산으로 가자

黑蝶團飛共入山

(흑접단비공입산)　　　　　　　　호랑나비 너도 무리로 날아 함께 가자.

行行日暮花堪宿

(행행일모화감숙)　　　　　가다가가다가 해 지면 꽃에서 자자

花薄情時葉宿還

(화박정시엽숙환)　　　　　꽃이 정 없을 때는 잎에서 자자꾸나.

(註) 작자미상의 다음 시조를 한역한 작품임. "나비야 청산 가자 범나비 너도 가자, 가다가 저물거든 꽃에 들어 자고 가자, 꽃에서 푸대접하거든 잎에서나 자고 가자."

(135) 夫妻和答詩(부처화답시)

申屠澄(신도징?): 중국 唐 德宗 때 사람.

一宦慙梅福

(일환참매복)　　　　　한번 벼슬하니 매복에게 부끄럽고

三年愧孟光

(삼년괴맹광)　　　　　삼 년이 지나매 맹광 같은 아내에게 부끄럽구나.

此情何所喩

(차정하소유)　　　　　이 정을 어느 것에 비겨볼꼬

川上喩鴛鴦

(천상유원앙)　　　　　시냇가 원앙에 비유하리.

<신도징>

琴瑟情雖重

(금슬정수중)　　　　　금슬 같은 부부의 정도 중하지만

山林志自深

(산림지자심)　　　　　　　　산림에의 뜻이 스스로 깊었어요.

常憂時節變

(상우시절변)　　　　　　　　늘 시절의 바뀜이 근심이더니

辜負百年心

(고부백년심)　　　　　　　　백년 함께 할 마음 저버리네요.

<아내>

(註) *梅福: 중국 漢나라 南昌尉로 못나라에 들어가 變姓名하여 도읍의 문지기를 했으며, 벼슬을 버리고 九江에 가 신선의 도를 얻어 은거했음. *孟光: 중국 後漢의 隱士 梁鴻의 부인. 추녀였으나 덕행이 뛰어났음.

<三國遺事卷5 感通 金現感虎>

(136) 鼻荊郞(비형랑) _新羅民衆(신라 민중).

聖帝魂生子

(성제혼생자)　　　　　　　　성스러운 임금님 혼이 아들을 낳았으니

鼻荊郞室亭

(비형랑실정)　　　　　　　　바로 비형랑의 집이어라.

飛馳諸鬼衆

(비치제귀중)　　　　　　　　날고 달리는 귀신의 무리

此處莫留停

(차처막유정)　　　　　　　　이곳에 머물지 말지어다.

(註) 비형랑은 신라 25대 眞智王의 영혼과 桃花女 사이에 난 아들임.

<三國遺事卷2 紀異>

(137) 佛敎傳來(불교전래)

_彭祖逖(팽조적 - 1170 -): 고려 의종, 명종(宋 孝宗) 때 漢南官記(한남관기).

水雲蘭若住空王

(수운난야주공왕)　　　물 흐르고 구름 떠도는 절에 부처님 있어

況是神龍隱一場

(황시신룡은일장)　　　마침 신령스런 용이 그 자리를 숨어 지키네.

畢竟名藍誰得似

(필경명람수득사)　　　결국에는 이 좋은 절 누가 이어 받을꼬

初傳佛敎自南方

(초전불교자남방)　　　불교는 南越에서 처음 전해 왔다 하네.

<三國遺事권3 塔像 前後所將舍利>

(138) 海歌詞(해가사) _신라 성덕왕 때 巫歌(무가). 일명 海歌(해가).

龜乎龜乎出水路

(구호구호출수로)　　　거북아 거북아 수로부인 내놓아라

掠人婦女罪何極

(약인부녀죄하극)　　　부녀자를 앗아가는 죄 얼마나 크냐.

汝若悖逆不出獻

(여악패역불출헌)　　　만약에 거역하고 내놓지 않으면

入網捕掠燔之喫

(입망포략번지끽)　　　그물로 잡아서 구워 먹을 테다.

(139) 包山二師美德(포산이사미덕)

포산의 觀機와 道成 두 스님의 미덕 _作者未詳.

紫茅黃精塡肚皮

(자모황정축두피)   자모와 황정으로 배를 불리고

蔽衣木葉非蠶機

(폐의목엽비잠기)   나뭇잎이 몸 가리는 옷이라 길쌈 않네.

寒松颼颼石犖确

(한송수수석낙각)   솔바람 우수수 차고 돌 많은 산길에

日暮林下樵蘇歸

(일모임하초소귀)   해 지는 숲에서 땔나무 지고 돌아오네.

夜深披向月明坐

(야심피향월명좌)   밤 깊어 밝은 달 향하고 앉아있으면

一半颯颯隨風飛

(일반삽삽수풍비)   몸 절반은 바람에 날아가는 듯하네.

敗蒲橫臥於憨眠

(패포횡와어감면)   헌 부들방석에 모로 누워 달게 잠자고

夢魂不到紅塵羈

(몽혼부도홍진기)   꿈에서라도 티끌 속세에는 가시를 않네.

雲遊逝兮二庵墟

(운유서혜이암허)   구름 흘러가듯 두 암자 빈터만 남아

山鹿恣登人迹稀

(산록자등인적희)   사슴만 멋대로 오르고 사람 자취 없구나.

<三國遺事 권5 避隱 包山二聖>

(140) 讀杜詩(독두시) 두보의 시를 읽고 _李穡(이색): →(10)貞觀吟~.

操心如孟子

(조심여맹자)　　　　　　마음 조심하기는 맹자와 같고

紀事如馬遷

(기사여마천)　　　　　　사실을 쓰기는 司馬遷과 같았어라.

文章振厥聲

(문장진궐성)　　　　　　문장으로 그 명성 떨쳤고

惻怛全爾天

(측달전이천)　　　　　　남을 마음 아파하는 인자한 천성이었네.

法服坐廊廟

(법복좌낭묘)　　　　　　조정에서는 옷차림이 법도에 맞았고

禮樂趨群賢

(예악추군현)　　　　　　많은 선비들이 그의 예악에 따랐네.

門墻高數仞

(문장고수인)　　　　　　문 담장도 몇 길로 높아

後來徒比肩

(후래도비견)　　　　　　후인들 헛되이 어깨 비길 수 있으랴.

何曾望堂奧

(하증망당욱)　　　　　　어찌 감히 아랫목을 드려다 볼 수 있으리

矯首時茫然

(교수시망연)　　　　　　고개 들어 우러를수록 아득하기만 하여라.

(參考) 지은이의 7律 '讀杜詩'는 "錦里先生豈是貧 桑麻杜曲又回春 鉤簾丸藥身無病 畫紙鼓針意更眞 偶値亂離增節義 肯因衰老損精神 古今絶唱誰能繼 膾馥殘膏丐後 人(뽕밭삼밭에 봄이 와 두보 가난치 않네. 시에 쓴 말 보면 몸에 병 없고 장기판

낚시 천진하여라. 안사의 난 만나 절의 더했고 몸 쇠했으나 정신 멀쩡해. 누가 그의 시 이을꼬, 여향 유풍 후세에게 남겨 주는구나)"임.

(141) 鄭瓜亭曲 漢譯(정과정곡 한역)

鄭敍의 '정과정곡'을 한시로 옮기다.

_魚世謙(어세겸 1430~1500): 조선 성종, 연산군 때 名臣. 호 西川.

苦憶吾君泣涕時

(고억오군읍체시)　　　　　　마음 쓰리게 임 생각에 눈물 흘릴 때

山中蜀魂我依稀

(산중촉혼아의희)　　　　　　산 속 두견새 울음 나와 비슷하구나.

果爲非與避爲是

(과위비여피위시)　　　　　　그르다 한 것이 오히려 옳다는 것을

殘月曉星應及知

(잔월효성응급지)　　　　　　지는 달 새벽 별은 알게 되리라.

(142) 福城道中(복성노중) 전남 보싱(寶城) 길에서

_圓鑑國師(원감국사 1216~1292): 고려 충렬왕 때 스님. 法名 沖止(충지).

漫漫客路傍長川

(만만객로방장천)　　　　　　멀고도 긴 나그네길 강 따라 가며

乘興高吟思豁然

(승흥고음사활연)　　　　　　흥이 나 크게 시 읊으니 가슴 확 트이네.

落葉泛流飄彩舫

(낙엽범류표채방)　　　　물에 떠가는 낙엽 놀잇배처럼 한들거리고

浮萍點水撒靑錢

(부평점수살청전)　　　　여기저기 뜬 부평초 엽전 뿌린 듯하구나.

山沈寒碧倒疊嶂

(산침한벽도첩장)　　　　파란 강물에는 봉우리들 거꾸로 잠겼는데

鴨戱淺淸窺小鮮

(압희천청궁소선)　　　　오리는 얕은 물에 놀며 작은 고기 엿보네.

(143) 戱作花卿歌(희작화경가) 화경을 희작하다

　　　_杜甫(두보): →(3)可惜.

成都猛將有花卿

(성도맹장유화경)　　　　성도에 花敬定(화경정, 화경)이란 맹장 있으니

學語小兒知姓名

(학어소아지성명)　　　　말 배우는 어린애도 그 이름 알았어라.

用如快鶻風火生

(용어쾌골풍화생)　　　　움직임은 날랜 매요 바람 앞의 불이니

見賊惟多身始輕

(견적유다신시경)　　　　반란 도적 많음을 보고도 몸은 비로소 경쾌했네.

緜州副使着柘黃

(면주부사착자황)　　　　면주부사 段子璋이 천자 옷 입었거늘

我卿掃除卽日平
(아경소제즉일평)　　　우리 화경이 그날로 소제하듯 평정했네.

子璋髑髏血糢糊
(자장촉루혈모호)　　　자장의 머리뼈 피 묻어 또렷치 않지만

手提擲還崔大夫
(수제척환최대부)　　　손으로 잡아 검남절도사 崔光遠 앞에 던졌네.

李侯重有此節度
(이후중유차절도)　　　쫓겨났던 東川節度使 이 사또 다시 절도사 되니

人道我卿絶世無
(인도아경절세무)　　　사람들은 우리 화경이 이 세상에 더 없다 했네.

旣稱絶世無天子
(기칭절세무천자)　　　이미 절세의 장군이라 했거늘, 천자는

何不喚取守京都
(하불환취수경도)　　　어찌하여 불러다 서울을 지키도록 하지 않는고.

(144) 贈花卿(증화경) 화경에게 _杜甫(두보).

錦城絲管日紛紛
(금성사관일분분)　　　성도 금관성의 풍악소리 날마다 아단스러워

半入江風半入雲
(반입강풍반입운)　　　반은 강바람에 들고 반은 구름 위 하늘로 치닫네.

此曲祇應天上有
(차곡지응천상유)　　　이 곡은 마땅히 천상세계에나 있어야 하는 것인데

人間能得幾度聞

(인간능득기도문)　　　　　　인간세계에서 몇 번이나 들을 수 있구나.

(註) 蜀 땅에서 단자장이 반란을 일으키자 성도부윤 최광원이 화경정을 이끌고 토벌해 이겨, 그 戰功을 빙자한 행패를 풍자한 노래라 한다. 이 '중화경'은 우리 '時用鄕樂譜'에 '橫殺門'이란 제목으로 "錦城絲管이 日紛紛하니, 半入江風半入雲이로다. 此曲이 只應天上有니 人間에 能得幾時聞고. 아으 大平 曲調를 奏明君하삽노이다." 라 실려 있다. '杜詩諺解'에는 화경을 '必善謳者(반드시 노래 잘하는 사람 — 잘 읊는 사람 — 이라)' 있어 '명창'으로 풀이하기도 했다는 것이다.

(145) 雙花店 漢譯(쌍화점 한역)

_高麗史 樂志(고려사 악지).

三藏寺裏點燈去

(삼장사리점등거)　　　　　　삼장사로 부처님 등불 켜러 갔더니

有社主兮執吾手

(유사주혜집오수)　　　　　　주지 스님이 내 손을 잡더이다.

倘此言兮出寺外

(당차언혜출사외)　　　　　　이 말이 절 밖으로 나돈다면은

謂上座兮是汝語

(위상좌혜시여어)　　　　　　상좌 중이여 그대 퍼뜨렸다 하리라.

(註) 고려가요 '쌍화점' 제2연 — 三藏寺에 불 혀라 가고신댄, 그 뎔 社主ㅣ 내 손모글 쥐여이다. 이 말삼이 이 뎔 밧긔 나명 들명, 다로러거디러, 죠고맛간 삿기 上座ㅣ 네 말이라 호리라. 더러둥셩 다리러디러 다리러디러 다로러거디러 다로러, 그 자리예 나도 자라 가리라. 위 위 다로러거디러 다로러, 긔 잔 대 가티 덦거츠니 업다.

(146) 西京別曲 漢譯(서경별곡 한역)

_李齊賢(이제현): →(13)耽羅新詞.

縱然巖石落珠璣

(종연암석낙주기)　　　　　　가령 바위에 구슬이 떨어진들

纓縷固應無斷時

(영루고응무단시)　　　　　　그 끈이야 응당 끊어지지 않으리.

如郞千載相離別

(여랑천재상리별)　　　　　　임과 천년을 헤어져 있다 한들

一點丹心何改移

(일점단심하개이)　　　　　　한 가닥 단심이야 어이 옮겨지겠소.

(註) 고려가요 '서경별곡' 제2연 − 구슬이 아즐가, 구슬이 바회예 디신들 위 두어렁셩 두어렁셩 다링디리. 긴힛단 아즐가, 긴힛단 그츠리잇가 나는 위 두어렁셩 두어렁셩 다링디리. 즈믄 해를 아즐가, 즈믄 해를 외오곰 녀신들 위 두어렁셩 두어렁셩 다링디리. 信 잇단 아즐가, 信 잇단 그츠리잇가 나는 위 두어렁셩 두어렁셩 다링디리.

(147) 自適(자적) 마음 내키는 대로 즐기다

_李玉峯(이옥봉 ?~1592): 조선 선조 때 여류시인. 이름 媛.

虛簷殘溜雨纖纖

(허첨잔류우섬섬)　　　　　　처마에 물방울 지고 비는 보슬보슬

枕簟輕寒晚漸添

(침점경한만점첨)　　　　　　대자리 으스스 늦어지며 더하는구나.

花落後庭春睡美

(화락후정춘수미)　　　　　꽃잎 지는 뒤뜰 봄 잠 달게 자노라니

呢喃燕子要開簾

(이남연자요개렴)　　　　　제비는 지지배배 아침이라고 발 걷으라네.

(148) 專門四書詩(전문사서시) 사서에 정통함을 읊다

_田愚(전우 1841~1922): 조선말 유학자. 호 艮齋.

四書平易註精當

(사서평이주정당)　　　　　사서는 쉽고 그 풀이는 정확 합당하나니

義理都涵八百章

(의리도함팔백장)　　　　　그 내용과 이치 모두 8백장에 담겼네.

潛思實履無遺算

(잠사실리무유산)　　　　　깊이 생각하고 실천하면 실책이 없는 법

應許儒門第一郎

(응허유문제일랑)　　　　　마땅히 우리 유림 사회의 첫째가 되리라.

(149) 論語吟(논어음) 논어를 읊다 _田愚(전우): →앞 시(148).

仲尼盛德配乾坤

(중니성덕배건곤)　　　　　공자님 훌륭한 덕 천지와 짝하나니

言行遺書二十篇

(언행유서이십편)　　　　　언행으로 남긴 글 스무 편일세.

首章三段持身法

(수장삼단지신법)　　　첫 장의 세 단락은 몸 가지는 법이요

先進一言用也源

(선진일언용야원)　　　선진장의 한 말씀은 실천의 근원일세.

聖師善誘文兼禮

(성사선유문겸례)　　　큰 스승께서 문과 예를 잘 인도하시니

高弟難聞性與天

(고제난문성여천)　　　뛰어난 제자들 인성 천명 도리 받자왔네.

聞說諸夷亦知誦

(문설제이역지송)　　　들건대 주변 여러 종족도 논어 읽는다니

舟車所至擧尊親

(주거소지거존친)　　　교통 닿는 곳마다 높이 받들고 있구나.

(註) 간재 선생이 '經書吟'을 지었으니 專門四書詩를 비롯, 小學吟, 四書三經(논어, 맹자, 중용, 대학, 시경, 서경, 역경)吟 7수, 禮經吟, 春秋吟의 11首가 그것임.

(150) 哀怨詩(애원시) 슬피 원망하는 시

_淑香傳(숙향전): 고대소설. 작자미상.

一別雙親獨苦辛

(일별쌍친독고신)　　　부모 잃고 홀로 괴롭고 쓰린데

賴天陰騭保微身

(뇌천음즐보미신)　　　하늘의 도움으로 음덕 입어 몸 보전했네.

銘心欲報夫人渥
(명심욕보부인악)　　　　부인의 두터운 은혜 갚자고 명심했고
結草難忘相國恩
(결초난망상국은)　　　　張丞相의 은혜 결초보은 어이 잊으리.

鳳釵龍刀知莫用
(봉차용도지막용)　　　　비녀나 가위에 대하여는 모르는 일이라
伯夷盜跖辨無因
(백이도척변무인)　　　　백이인지 도척인지는 가려낼 길 없네.
今朝出去從何處
(금조출거종하처)　　　　오늘 아침 나가면 어디로 갈 것인가
天地芒芒淚滿巾
(천지망망누만건)　　　　이 넓은 천지에 눈물만 가득 흐르네.

(註) 숙향이 四香의 모함을 받아, 비녀를 훔쳤다는 혐의로 내쫓기어 벽에 쓴 시라
고 함.

(151) 七絶(칠절, 七言絶句) 3수

_沈淸傳(심청전): 고대소설. 작자 연대 미상.

▶武陵村 張丞相 夫人이 臨堂水로 가려는 심청의 畫像을 畫工을 시켜 그렸는
데, 그 화상 餘白에 심청이 쓴 시.

生寄死歸一夢間
(생기사귀일몽간)　　　　이승에 잠깐 머물다 본 고장인 죽음으로 감이
　　　　　　　　　　　　한꿈결 같은데

眷情何必淚珊珊

(권정하필누산산)　　돌보아주신 부인의 정 하필 눈물 흘리게 되다니.

世間最有斷腸處

(세간최유단장처)　　세상에서 가장 슬픈 지경에 나 다다랐으니

草綠江南人未還

(초록강남인미환)　　강남땅에 풀 파랗게 돋아나는 봄이 와도 나

　　　　　　　　돌아오지 못하리.

▶심청의 시를 본 승상 부인이 시를 지어 심청에게 주었음.

無端風雨夜來痕

(무단풍우야래흔)　　　　무심한 비바람 밤에 내려

吹送名花落海門

(취송명화낙해문)　　아리따운 꽃 심청을 바다로 날려 보내는구나.

積苦人間天必念

(적고인간천필념)　　인간에게 쌓인 괴로움 하늘이 아신다면

無辜父女斷情恩

(무고부녀단정은)　　아무 죄 없는 이 아버지와 딸의 정 끊어지지

　　　　　　　　않도록 은혜 베풀리라.

▶마을사람들이 임당수에 몸 던진 심청을 생각하며, 승상 부인이 세운 望女臺 곁에 墮淚碑를 세우고 시를 새겼음.

心寫其親雙眼瞎

(심사기친쌍안할)　　마음으로 그 아버지 두 눈 장님임을 생각하며

殺身成孝謝龍宮

(살신성효사용궁)　　　내 몸 죽여 효성 이루려 용궁으로 들어갔네.

烟波萬里深深碧

(연파만리심심벽)　　　안개 자욱한 넓은 바다 짙푸르기도 한데

江草年年恨無窮

(강초연년한무궁)　　　강가 풀에 맺힌 심청의 한 해마다 끝없으리.

(152) 漫興九首(만흥 구수) 흥취 따라 아홉 수

_杜甫(두보): →(3)可惜.

眼見客愁愁不醒

(안견객수수불성)　　　나그네 시름 다다라 그 시름 벗지 못한데

無賴春色到江亭

(무뢰춘색도강정)　　　어쩔 수 없는 봄빛 강가 정자에 다다랐구나.

卽遣花開深造次

(즉견화개심조차)　　　곧 꽃 피게 함이 아주 잠깐이겠고

便敎鶯語太丁寧

(편교앵어태정녕)　　　꾀꼬리 울음도 틀림없으리.

<제1수>

手種桃李非無主

(수종도리비무주)　　내 손으로 복숭아, 오얏 심었으니 어엿한 주인이요

野老牆低還是家

(야로장저선시가)　　촌 늙은이 집 담장 낮아도 곧 내 집이거늘

恰似春風相欺得

(흡사춘풍상기득)

봄바람은 마치 날 공연히 희롱하는 듯

夜來吹折數枝花

(야래취절수지화)

밤에 불어 젖혀 몇 가지 꽃 지게 하다니.

<제2수>

孰知茅齋絶低小

(숙지모재절저소)

내 초가집 가장 낮고 작음 그 누가 알리

江上燕子故來頻

(강상연자고래빈)

강 위의 제비만이 오기를 자주 하네.

嗛泥點汚琴書內

(함니점오금서내)

진흙 물어 방안의 거문고 서책 더럽히고

更接飛蟲打著人

(갱접비충타착인)

또 날벌레 잡노라 날 치기도 하네.

<제3수>

二月已破三月來

(이월이파삼월래)

2월 벌써 부서지고 3월 되니

漸老逢春能幾回

(점로봉춘능기회)

늙어 가는 이 몸 몇 번이나 봄을 맞으리.

莫思身外無窮事

(막사신외무궁사)

내 분수 밖의 다함없는 일 생각 말고

且盡生前有限杯

(차진생전유한배)

우선 생전의 한정된 술이나 들리라.

<제4수>

腸斷春江欲盡頭

(장단춘강욕진두)　　　　　봄 강물 다하려는 때 애끊어

杖藜徐步立芳洲

(장려서보입방주)　　　　　명아주 지팡이 짚고 천천히 걸어 물가에 섰네.

顚狂柳絮隨風去

(전광유서수풍거)　　　　　버들개지 바람 따라 마구 뒤집히며 날고

輕薄桃花逐水流

(경박도화축수류)　　　　　정 없는 복사꽃 물 좇아 흘러가네.

<제5수>

懶慢無堪不出村

(나만무감불출촌)　　　　　게으름 못 이겨 마을 밖 나기지 않고

呼兒日在掩柴門

(호아일재엄시문)　　　　　아이더러 날마다 사립문 지치라 하네.

蒼苔濁酒林中靜

(창태탁주임중정)　　　　　푸른 이끼 막걸리로 숲 속 조용하니

碧水春風野外昏

(벽수춘풍야외혼)　　　　　푸른 물 봄바람에 들 밖 어둑하네.

<제6수>

糝逕楊花鋪白氈

(삼경양화포백전)　　　　　길에 흩어진 버들솜 흰 담요 편 듯

點溪荷葉疊靑錢

(점계하엽첩청전)　　　　　냇물에 점점이 뜬 연잎 푸른 엽전 겹친 듯

筍根稚子無人見

(순근치자무인견)　　　　　　대 뿌리 죽순 보는 사람 없고

沙上鳧雛傍母眠

(사상부추방모면)　　　　　　물가 오리 병아리 어미 곁에서 조네.

<제7수>

舍西柔桑葉可拈

(사서유상엽가념)　　　　　　집 서편 어린 뽕잎 집을 만큼 되었고

江上細麥復纖纖

(강상세맥복섬섬)　　　　　　강가의 보리 싹 보드랍게 자랐구나.

人生幾何春已夏

(인생기하춘이하)　　　　　　봄 벌써 가 여름이니 산다는 게 얼마뇨

不放香醪如蜜甛

(불방향료여밀첨)　　　　　　꿀맛 같은 향그런 술 그만두지 못하네.

<제8수>

隔戶楊柳弱嫋嫋

(격호양류약요요)　　　　　　집 너머 버들 가냘퍼 간들간들하니

恰似十五兒女腰

(흡사십오아녀요)　　　　　　열다섯 계집아이 허리 같구나.

誰謂朝來不作意

(수위조래부작의)　　　　　　아침이 되면 바람 잔다 누가 일렀던가

狂風挽斷最長條

(광풍만단최장조)　　　　　　광풍이 가장 긴 가지 당겨 부러뜨리는데.

<제9수>

(153) 鴨江途中(압강도중)

_黃玹(황현 1855~1910): 우국 열사, 시인. 호 梅泉.

千家楡柳冷新煙
(천가유류냉신연)　　온 마을 느릅 버들에 싸늘한 안개 새로 피어올라
佳節驚心客路邊
(가절경심객로변)　　한식 맞은 나그네 마음 놀라게 하는구나.

微有天風驢更快
(미유천풍노갱앙)　　가벼이 바람 일자 나귀는 못마땅한 듯하고
一經春雨鳥增姸
(일경춘우조증연)　　지나는 봄비 맞아 새들 맵시 더 곱네.

桃花多事圍山店
(도화다사위산점)　　복숭아꽃 쓸데없이 산골 주막 두르고
胡蝶隨人上野船
(호접수인상야선)　　호랑나비 우리 배에 날아오르네.

滿眼淸江三十里
(남안청강삼십리)　　눈에 가득 맑은 강물 드넓게 삼십 리요
黃魚如錦不論錢
(황어여금불론전)　　비단 같은 조기 값 안 따지도록 지천일세.

(154) 寄知人(기지인) 아는 이에게 주다

_全鎣弼(전형필 1906~1962): 古蹟保存委員. 호 澗松. '韓國文化遺産의 守護神'이라 칭송되며, 개인박물관인 葆華閣 현재의 간송미술관을 건립했음.

超世名鸞小屋居

(초세명란소옥거)　　세상을 벗어난 난 새 작은 둥지에 사니

暮鍾歸客故停車

(모종귀객고정거)　　저녁 종소리 속에 돌아가는 손 짐짓 수레 멈추네.

青燈白首相談際

(청등백수상담제)　　외롭고 고된 늙바탕에 서로 이야기 나눌 때

流水浮雲往事虛

(유수부운왕사허)　　유수요 부운 같은 지난 일 모두 헛된 것이로구나.

笑我頻傾深夜酌

(소아빈경심야작)　　우스워라, 나는 깊은 밤에 술잔만 기울이는데

羨君多讀古人書

(선군다독고인서)　　부러워라, 貴公은 옛 분들 글 많이도 읽는구나.

寧爲彭澤棄官士

(영위팽택기관사)　　도연명처럼 벼슬 버리는 선비가 될지언정

莫作城池殃及魚

(막작성지앙급어)　　불 끄느라 못물 말려 물고기에 화 미 치게 하지 말아야 하리.

<이충렬 '간송 전형필' '10 김영사>

(155) 贈扇(증선) 부채를 주며

_林悌(임제): →(79).

莫怪隆冬贈扇子

(막괴융동증선자)　　　　　　한겨울에 부채 줌을 괴상히 여기지 말

爾今年少豈能知

(이금연소기능지)　　　　　　그대 어린 나이 어찌 그 뜻을 알리.

相思夜半胸生火

(상사야반흉생화)　　　　　　그리움에 젖는 한밤 가슴속 이는 불은

獨勝炎蒸六月時

(독승염증유월시)　　　　　　삼복 찌는 더위에 못지않다네.

제2부

近作 漢詩

2002.10.6. 文集『水蹊頌』이후에 지은 作品(지은 날짜 순).

(一) 江南勝地好風景(강남승지호풍경)
順天의 경치 뛰어난 곳 좋은 풍경

鸞飛鳳棲地靈眞 四面風光日益新(난비봉서지령진 사면풍광일익신)
二水沙明沈暈月 三山紫翠誘行人(이수사명침훈월 삼산자취유행인)

臨淸濬哲堅持淨 八馬廉平拭拂塵(임청준철견지정 팔마염평식불진)
秀麗江南無比處 常時愛護萬邦伸(수려강남무비처 상시애호만방신)

<2002.10.27.>

난새 날고 봉황 깃드는 곳 아주 영험해, 사방의 경치 날로 새롭구나.
이수 모래 밝아 무리 진 달 잠기고, 삼산에 이내 끼어 사람들 멈추네.
임청대에 모셔진 어진 이들 심신이 깨끗했고 팔마비의 최 사또는 염치
알고 공평해 세속을 벗어났구나.
아름다운 순천 풍광 비길 데 없으니, 늘 가꿔 만방에 드러내어야 하리.

(二) 癸未元旦贈子婦(계미원단증자부)
계미년 설날 아침 며느리에게

元朝旭日萬方明 福入吾家大笑成

(원조욱일만방명 복입오가대소성)

事敬居恭身守禮 衷心一貫衆人英

(사경거공신수례 충심일관중인영)

<2003.2.1.>

설날 아침 해 누리에 밝은데

복덩이 네가 우리 집 들어와 함박웃음 터졌다.

안팎 모든 일에 공경을 다하여 예도를 지키고

충심으로 일관해 모든 사람에게서 뛰어나거라.

(三) 蔚珍農高卒業五十週年行事有感
(울진농고졸업오십주년행사유감)
울진농업고등학교 졸업 50주년 홈커밍데이 행사 감상

靑春過半百 今日得秋霜(청춘과반백 금일득추상)

落落晨星裏 鰱魚聚故場(낙락신성리 연어취고장)

<2004.4.29.>

젊던 시절은 가고 쉰 살이 지나 이제 머리 반백이 되어

친구들 드문드문 가버린 속에

기념 식수하러 연어와도 같이 모교 운동장에 모였구나.

(四) 柳寬順烈士記念館竣工(유관순열사기념관준공)

유관순 열사 기념관 준공을 기리어

救國丹心自得明 笄年棄己盡忠成

(구국단심자득명 계년기기진충성)

先頭萬歲衝天響 後續旗波致赤誠

(선두만세충천향 후속기파치적성)

民族前途無比重 一身出世若毛輕

(민족전도무비중 일신출세약모경)

嗚呼烈士犧牲志 聳立高堂永久榮

(오호열사희생지 용립고당영구영)

<2004.10.7.>

구국의 단심 스스로 밝혀 아리따운 나이에 충성을 다하였고

앞장서 독립만세 외치니 그 함성 하늘에 사무쳤으며

뒤따르는 태극기 물결 나라 찾자는 충성 이루었구나.

민족의 앞길 더없이 소중하여, 한 몸의 입신이야 터럭처럼 가벼웠네.

오오 열사의 희생 정신, 이 우뚝 선 기념관과 함께 영원하리라.

(五) 仁川空港待合室有感(인청공항대합실유감)

대학 과 동기들과 중국 여행하러 인천공항 대합실에 모여

靑春過半百 今日得秋霜(청춘과반백 금일득추상)

落落晨星裏 爲鱗聚待堂(낙락신성리 위련취대당)

<2005.6.20.>

청춘 지나 쉰 살이 넘었는데 지금 모두 빈백일세.
동기들 더러 간 뒤, 고향 못 잊는 연어처럼 대합실에 모이네.

(六) 雲南省石林(운남성석림) 중국 운남성 석림을 관람하고

秦橋岩片借風飛 金谷琥珊舶載歸
(진교암편차풍비 금곡호산박재귀)
奇絶妙哉成萬象 天公造化豈能知
(기절묘재성만상 천공조화기능지)

<2005.6.25.>

진시황이 놓던 다리의 바위조각 바람 타고 날아왔나
석숭의 금곡원 별장 산호와 호박이 배에 실려 돌아왔나.
기묘하기도 하여라 온갖 형상 이루었으니
하느님의 조화를 어찌 알 수 있으리.

(七) 潭陽齋竣工大祭所感(담양재준공대제소감)
담양재 준공 대제 봉행 소감

吾門齋宇聳潭陽 縶栗山河繞瑞光
(오문재우용담양 경률산하요서광)
甲族三韓何姓也 爲先敦睦我宗綱
(갑족삼한하성야 위선돈목아종강)

<2006.5.14.>

우리 문중 재우가 담양에 솟으니 경대산과 율천에 서기 둘렀구나.
삼한의 갑족이 어느 성씨던고
조선 위하고 종원들 돈독해짐이 우리 담양전 가문의 강령일세.

(八) 漫吟(만음) 생각나는 대로 읊다

流水光陰近夕陽 常聞嘲哳繞荒唐
(유수광음근석양 상문조찰요황당)
何故放紛家內事 飯床唯備白沸湯
(하고방분가내사 반상유비백비탕)

<2008.2.15.>

물같이 흐르는 세월 갈 때가 다 되었는데
늘 조잘거림에다가 황당한 말 속에 둘러있네.
무슨 까닭으로 집 안 일 내팽개쳐
밥상에는 오직 백비탕만 있는고.

(九) 崇慕山海田永璟先生(숭모산해전영경선생)
산해 전영경 선생을 숭모하여

軒軒達辯孝忠先 光復獻身圄圄頻
(헌헌달변효충선 광복헌신영어빈)
物換星移山嶽永 欣收濁濊海溟尊
(물환성이산악영 흔수탁예해명존)

亂時主導生人道 治世宣弘敎育村

(난시주도생인도 치세선홍교육촌)

後裔靑氈承繼裏 仙槎萬衆頌高門

(후예청전승계리 선사만중송고문)

<2008.4.20.>

헌헌장부에 달변이며 충효를 앞세웠고 광복에 헌신 감옥살이 잦았네.

세월 가도 산은 남아있듯 그 명성 영원하고

흐린 물도 흔쾌히 받는 바다 같은 성품 거룩하여라.

혼란하던 시국에는 인명 살리기를 주도하셨고

태평한 시절에는 교육 사업을 널리 펴시었네.

후손들이 그 정신 잘 이어받으니

울진의 모든 이들 고귀한 가문이라 칭송하는구나.

(十) 追慕惕齋李書九先生(추모척재이서구선생)
척재 이서구 선생을 추모하여

王家後裔性純眞 用舍行藏合大倫

(왕가후예성순진 용사행장합대륜)

身上縉紳親庶類 心中白首愛生民

(신상진신친서류 심중백수애생민)

題詩獨步逃依舊 主旨淸閑覓穎新

(제시독보도의구 주지청한멱영신)

當世賢人多數在 誰能競逐惕翁彬

(당세현인다수재 수능경축척옹빈)

<2008.5.2.>

왕가의 후손으로 성품이 순진하여,

나아감과 물러남이 대륜에 부합되었네.

몸은 높은 벼슬에 있었지만 서류들과 친밀했고

마음으로는 백수인 양 백성들을 아끼셨네.

시 지음에는 남이 따를 수 없이 구태에서 벗어났고

조용하고 여유로움을 주지로 새롭고 독특함을 찾으셨네.

그 당시 어진 이들 많았겠지만

누가 능히 척재 선생의 빛남을 겨룰 수 있었으리.

(十一) 思鄕(사향) 지장골 고향을 그리워하여

萬金鎭嶺寺峯南 多少茅堂臥集三

(만금진령사봉남 다소모당와집삼)

自古皆稱逃亂處 至今衆謂景佳庵

(자고개칭도난처 지금중위경가암)

魑虛出沒陰甘大 狸豕晝行炭釜嵢

(이허출몰음감대 이시주행탄부함)

世世仁人連誕洞 吾望老去故鄕潛

(세세인인연탄동 오망노거고향잠)

<2009.11.22.>

만금산은 진산이요 절산봉은 안산인데

초가집들 옹기종기 세 마을을 이루었구나.

예로부터 모두들 피난처라 일러왔고

지금은 다들 경치 좋은 암자 같다 말한다네.

허깨비는 음침한 날 감대재에 나타난다 하고
산짐승들은 낮에도 숯가마골에 어슬렁거린다네.
대대로 어진 이들 잇달아 태어나는 골짜기 마을
내 늙어지면 그 고향에 돌아가 잠기고 싶구나.

(十二) 三角山(삼각산) 서울의 삼각산

漢陽鎭岳筍三英 萬古摩天上帝驚

(한양진악순삼영 만고마천상제경)

群客登攀喧笑過 林間靜寂衆鳥鳴

(군객등반훤소과 임간정적중조명)

溪流潤下施諸活 百樹望空競各生

(계류윤하시제활 백수망공경각생)

晴好雨奇山色秀 連峰紫氣帶裳淸

(청호우기산색수 연봉자기대상청)

<2009.12.14.>

서울의 진산으로 죽순 같은 세 봉우리 꽃다운데
영원토록 하늘을 어루만지니 옥황상제 놀라네.
뭇 등산객들 웃고 떠들며 지나고, 숲은 고요해 새들 지저귀네.
시냇물 흘러내리며 모든 생물 활기차게 하고
온갖 나무들 하늘 향해 다투어 솟는구나.
날 개나 비가 오나 모두 좋아 산 경치 빼어나고
연이은 봉우리들 자줏빛 치마 둘러 말쑥하구나.

(十三) 奉和入鄕祖晦亭先生月松亭詩

(봉화입향조회정선생월송정시) 입향조 회정 선생의
월송정 시에 받들어 화운하다

私心變若月

(사심변약월)　　　　　　　사람의 마음 달 따라 바뀌는데

大道堅如松

(대도견여송)　　　　　　　바른 도리 소나무처럼 굳구나.

廣闊東溟水

(광활동명수)　　　　　　　넓디넓은 동해 바다는

生平勸我庸

(생평권아용)　　　　　　　평생토록 떳떳하라 권하네.

<2010.5.23.>

<原詩>

顯晦宜如月

(현회의여월)　　　세상에 드러내거나 감추는 일 달 같이 하고

守持乃若松

(수지내약송)　　　지조 지킴은 소나무처럼 할 것이라.

亭兼二正學

(정겸이정학)　　　월송정은 그 둘의 올바른 배움 겸했으니

便是道中庸

(편시도중용)　　　이곧 중용을 말하고 있구나.

(十四) 光化門廣場晚秋(광화문광장만추)
광화문 광장의 늦가을

晚節陽光失畏炎

(만절양광실외염)　　　　　늦가을 햇볕은 그 뜨거움을 잃었고

西山帶紫若嶬崦

(서산대자약자엄)　　　　　인왕산은 자줏빛 띠어 엄자산과 같구나.

人人喜樂斜暉景

(인인희락사휘경)　　　　　사람마다 저녁 볕 경관을 즐기는데

樹樹悲哀子女潛

(수수비애자녀잠)　　　　　나무들은 자식 같은 잎사귀 짐을 슬퍼하네.

遠導溝溪湲靜去

(원도구계원정거)　　　　　멀리서 끌어온 도랑물 잔잔히 흐르고

高層建物繞邊森

(고층건물요변삼)　　　　　높은 빌딩은 광장 가를 빽빽이 둘러섰구나.

忽焉回顧當年事

(홀언회고당년사)　　　　　문득 지난날 문교부 근무 때를 회고해 보니

夢幻浮萍老悔深

(몽환부평노회심)　　　　　모두가 덧없는 일 때늦은 후회만 깊어지네.

<2010.11.4. 一木會 參席後>

(十五) 庭柿**初收九果**(정시초수구과)
마당 감나무에서 감 아홉 개 처음 따다

庭中自着十年前
(정중자착십년전)

십여 년 전 마당에 감나무 절로 나더니

茂盛成長枝幹連
(무성성장지간련)

무성하게 자라 줄기와 가지 잇따르더라.

花發簇叢蜂亂舞
(화발족총봉난무)

감꽃은 무더기로 피어 벌 어지러이 날고

黃華滿地實虛懸
(황화만지실허현)

땅 가득 누런 꽃 지는데 열매 맺히지 않더라.

無望結果經常例
(무망결과경상례)

감 달리기를 바랐으나 해마다 헛일되었더니

今得初九若執天
(금득초구약집천)

이제 아홉 개 처음 따니 하늘 잡은 듯하네.

萬物恒存從本性
(만물항존종본성)

만물은 본성 따라 존재하는 것인데

焦心促産反幽玄
(초심촉산반유현)

감 달리기 애태워야 깊은 이치에 어긋나리.

<2010.11.17.>

(十六) 次韻韓希卨公詠新曆(차운한희설공영신력)
한희설공 '영신력' 차운

臘月驚過隙

(납월경과극)　　　　섣달이라 세월 빨리 감이 놀라운데

銀行布曆人

(은행포력인)　　　　은행에서 새 달력을 나누어주네.

知非多夙昔

(지비다숙석)　　　　지난날 잘못된 일 많아

欲政寧來春

(욕정영내춘)　　　　바로잡고자 하나 그 세월 올 것인가.

<2010.12.3.>

<原詩>

爾帶明年節

(이대명년절)　　　　너는 내년 절후를 띠어

先傳世上人

(선전세상인)　　　　온 세상에 미리 알리는구나.

天涯老病客

(천애노병객)　　　　하늘 끝 나그네 신세인 늙고 병든 늙은이

寧欲不知春

(영욕부지춘)　　　　차라리 오가는 세월 모르는 게 좋겠다.

(十七) 九數吟(구수음) 아홉수를 읊다

此運何須定
(차운하수정)

아홉수란 것이 어찌 이루어졌기에

人人忌諱年
(인인기휘년)

사람마다 이 해를 꺼리는가.

今吾適是歲
(금오적시세)

내 이제 이 아홉수 나이가 되었으니

脫俗毅油然
(탈속의유연)

속설에서 벗어나 의연해야 하리라.

<2011.2.13.>

(十八) 次韻鄭可臣雲(차운정가신운)

정가신－고려 충렬왕 때 名臣－의 '운'에 차운하다

天女打綿白霧生
(천녀타면백무생)

직녀가 솜을 타니 흰 안개 일어

悠悠泛泛膨縱橫
(유유범범팽종횡)

유유히 떠돌며 사방으로 불어나네.

奇峰蒼狗先人詠
(기봉창구선인영)

기이한 봉우리, 복슬강아지, 옛 시인들 읊었지만

萬象千姿寫未明
(만상천자사미명)

천태만상이라 절실히 그려내지 못하리.

<2011.2.28.>

<原詩>

一片纔從泥上生
(일편재종이상생)　　　　한 조각씩 진흙에서 생기더니

東西南北已縱橫
(동서남북이종횡)　　　　어느새 동서남북 가로세로 퍼졌구나.

謂爲霖雨蘇群槁
(위위임우소군고)　　　　단비 되어 마른 것 소생케 하렸더니

空掩中天日月明
(공엄중천일월명)　　　　공연히 중천에 떠 해와 달만 가리네.

(十九) 濟州白鹿潭山房山說話(제주백록담산방산설화)

獵師失射天人腹
(엽사실사천인복)　　　　사냥꾼이 화살 잘못 쏘아 하늘 사람 배 건드려

怒氣騰騰拔磊推
(노기등등발뢰추)　　　　옥황상제 노기 등등 큰 바위 뽑아 던졌다 하네.

白鹿山房成勝境
(백록산방성승경)　　　　이리해 백록담과 산방산이 승경 되었고

著名詞伯作戲詩
(저명사백작희시)　　　　유명한 시인이 장난스런 시 지었네.

<2011.3.15.>

(註) 오랜 옛날 어떤 사냥꾼이 한라산에 올라 사슴을 쏜다는 것이 옥황상제의 배를 건드려, 노한 상제가 한라산 높은 바위를 뽑아 던져 그 자리는 백록담이 되고,

구른 바위는 산방산이 되었다하고, 鷺山 李殷相 시인이 "사람이면 모르려니와 하느님 속 치곤 좁기도 하이. 배를 어쩌다 건드렸기로 성내실 일이야 있을라구. 아마도 하느님 청지기를 잘못 알고 전한 게로다"라 읊었음.

<1967.10.5. 문화방송편, '傳說 따라 三千里(제2부)'>

(二十) 修德寺傳說(수덕사전설) 수덕사에 전해오는 전설

修德德崇結鹿情
(수덕덕숭결록정)　　　　　　수덕 도령과 덕숭 낭자는 노루로 맺은 사이
兩人相愛未歡成
(양인상애미환성)　　　　　　두 사람의 사랑 합환은 이루어지지 않았네.
獻娘一念禪庵建
(헌낭일념선암건)　　　　　　덕숭 낭자 위해 일념으로 절을 세우니
俗佛因緣遺襪英
(속불인연유말영)　　　　　　속세와 부처의 인연 버선 꽃으로 남았구나.

<2011.4.18.>

(註) 사냥을 갔던 수덕이 노루 곁에 있는 덕숭 낭자를 만나 연정을 느껴 결혼하자 했으나, 덕숭은 '나를 위해 절을 지어주면 허락하겠다' 했다. 수덕은 부모의 허락을 받아 절을 세웠지만 어느 날 밤 절은 불타고 말았다. 이는 수덕의 마음이 오직 낭자에게만 있고 불심이 없는 데 따른 것이었다.

이런 일을 몇 번 겪은 끝에, 다시 마음을 다잡은 수덕은 목욕재계하고 절을 다시 세워 낭자와 혼례를 올린 첫날밤, 덕숭 낭자는 덮치는 수덕을 뿌리치고 문밖으로 사라졌다. 남은 것은 낭자의 버선뿐. 덕숭은 관세음보살의 화신이었던 것이다. 이를 깨달은 수덕은 절을 수덕사라 하고 절을 두른 산을 덕숭산이라 했다고 하며, 낭자의 버선은 꽃이 되어 해마다 피니 곧 '버선꽃'이다.

(수덕사: 충남 禮山郡 德山面 소재)<1967, 문화방송편, '傳說따라 三千里'>

(二十一) 暮春偶吟(모춘우음) 늦봄에

庚寅臘月酷連寒
(경인납월혹련한)　　　　경인년 겨울에 혹한이 이어져

不似春來處處歎
(불사춘래처처탄)　　　　春來不似春이라 곳곳에서 탄식이라.

芍藥開花先發牡
(작약개화선발모)　　　　작약 꽃이 모란보다 늘 앞서 피더니

今時失己泰然安
(금시실기태연안)　　　　올해는 본성 잃고도 태연하구나.

<2011.4.29.>

(二十二) 通古山(통고산) 울진 통고산

通古聳空冠蔚珍
(통고용공관울진)　　　　통고산 하늘로 치솟아 울진에서 가장 높고

笠峰南走此山彬
(입봉남주차산빈)　　　　삿갓봉 남으로 뻗어 이 산이 뛰어나다네.

在京鄕友尋林館
(재경향우심임관)　　　　재경 고향 분들 통고산 삼림 휴양관 찾아들어

一宿歡呼太素親
(일숙환호태소친)　　　　하룻밤 기쁘게 묵으며 태고의 맛 만끽했네.

<2011.6.5, 동년 6.2~3. 一木會員 通古山 · 十二嶺路探訪>

(二十三) 十二嶺路(십이령로) 십이령 길 -褓負商路-

召光始發向陽行
(소광시발향양행)

소광리에서 출발하며 해를 보고 걷나니

跋涉長程險路縈
(발섭장정험로영)

산 넘고 물 건너는 긴 여정 험한 길 얽히네.

澗水淸凉潺靜去
(간수청량잔정거)

산골 물 맑디맑아 졸졸거리며 흐르고

溪邊密立百花榮
(계변밀립백화영)

냇가에는 온갖 꽃들 빽빽이 피어 번성하구나.

人工設備依稀少
(인공설비의희소)

인공 설비는 있는 듯 마는 듯 적고

太古資源到處呈
(태고자원도처정)

오래된 천연자원 도처에서 드러나네.

鳥嶺南風瀟灑汗
(조령남풍소쇄한)

새재의 미파람에 시원히 땀 씻었고

斗川民泊客心輕
(두천민박객심경)

말내의 민박집에서는 나그네 마음 경쾌해라.

<2011.6.6, 上소>

(二十四) 次李雙明齋仁老碁局韻(차이쌍명재인로기국운)

黑白雙飛義馭晚
(흑백쌍비희어만)　　　　바둑돌 서로 놓이며 해는 저녁 되고
觀客焦心顔色爛
(관객초심안색란)　　　　보는 이 마음 졸여 안색이 흩어지네.
擊南聲北若曹操
(격남성북약조조)　　　　남을 치면서도 북에서 아우성이니 조조 같고
小貪大失如楚漢
(소탐대실여초한)　　　　소탐대실함은 항우와 유방 같구나.

五六宮圖妙手成
(오륙궁도묘수성)　　　　오궁, 육궁 도화 묘수가 이루어져
七八勝機徒霧散
(칠팔승기도무산)　　　　칠팔 할의 이길 기틀 헛되이 무산일세.
閑人消日適棋戰
(한인소일적기전)　　　　한가로운 사람 소일하기 바둑이 알맞으니
雌雄決判常時隱
(자웅결판상시은)　　　　승패는 늘 감추어져 있는 것이리라.

<2011.7.15.>

<原詩 7言古詩>
玉石交飛紅日晚
(옥석교비홍일만)　　　　바둑돌 서로 나는 듯 놓으며 붉은 해 저녁 되고
遊人也宜樵柯爛
(유인야의초가란)　　　　보는 사람 초동의 도끼자루 썩듯 함이 당연하리.

薾薾蛛絲籠碧虛

(염염주사농벽허)　　　　거미줄 점점 늘어 허공을 감싸듯 하고

翩翩鴈影倒銀漢

(편편안영도은한)　　　　기러기 그림자 은하에 잠기듯 돌은 놓이네.

鼠穴纔通趙將鬪

(서혈재통조장투)　　趙奢의 말처럼 좁은 곳이라 날랜 장수 이길 것

鶴唳已覺秦兵散

(학려이각진병산)　　秦 符堅 군사처럼 학 울음에도 놀라 흩어지네.

兀坐凝神百不聞

(올좌응신백불문)　　곧게 앉아 정신 쏟으매 아무것도 들리지 않으니

座中眞得巢由隱

(좌중진득소유은)　　　　그 자리 참으로 소부 허유의 은거함일세.

(註) *趙將: 중국 趙나라 조사. 秦과 韓의 싸움에서 韓의 구원요청에 "길이 험하고
좁아서 두 쥐가 구멍에서 싸우는 것 같아 용맹한 장수가 이길게다" 했음. *秦兵
散: 부견이 晉을 치다가 져서 달아 날 때 바람소리, 학 울음소리에도 晉의 추격인
줄 알고 놀라더라 함. *바둑 別稱이 坐隱이고 手談이라고도 함.

(二十五) 狂雨酷暑(광우혹서) 미친 듯한 장대비와 무더위

長霖以後霹靂天

(장림이후벽력천)　　　　　　　　장마 뒤에 청천벽력같이

氣象滄桑怪變連

(기상창상괴변련)　　　　날씨는 상전벽해처럼 괴변이 이어졌으니

局地傾盆災續出

(국지경분재속출)　　　　국지에 동이 물 쏟듯 해 재난이 속출하고

暴炎來襲是誰愆

(폭염내습시수건)　　　　폭염이 잇따르니 이 누구의 허물에서인고.

<2011.8.6.>

(二十六) 秋日 – 擬劉禹錫秋思詩(추일 – 의유우석추사시)
가을날 – 유우석 '추사'시에 본떠

陰泠陽熱四方明

(음령양열사방명)　　　　그늘 서늘하고 양지 뜨거운데 사방은 밝고

綠水靑山爽氣淸

(녹수청산상기청)　　　　푸른 물과 푸른 산 상쾌하게 말쑥하구나.

天闊無埃齊遠近

(천활무애제원근)　　　　하늘 탁 틔고 티 없어 원근이 가지런하니

浮雲一片寄詩情

(부운일편기시정)　　　　떠가는 구름 조각에 시정을 부치노라.

<2011.9.5.>

(참고)

自古逢秋悲寂寥　　　　　예로부터 가을은 섧고 쓸쓸타 하지만

我言秋日勝春朝　　　　　나는 봄보다 가을이 좋다네.

晴空一鶴排雲上　　　　　텅 빈 갠 하늘에 학 한 마리 구름 헤치며 날 때

便引詩情到碧霄　　　　　내 시정도 학을 따라 하늘 높이 이르네.

<劉禹錫 秋思>

(二十七) 愛妻有感(애처유감) 아내를 사랑함에 대하여

愛室人倫本

(애실인륜본)　　　　　　　　아내 사랑은 인륜의 근본이라

家和以此成

(가화이차성)　　　　　　　　집안 화목이 이로써 이루어지네.

秘藏墻壁內

(비장장벽내)　　　　　　　　애처는 가정 안에 감추어 있듯 해야지

對外愼誇呈

(대외신과정)　　　　　　　　남에게 자랑으로 드러나지 않게 해야 하리.

<2011.12.7.>

(敷衍) 愛妻는 人倫의 根本이라 家和가 이로써 굳어지리. 하나 애처는 家內의 일이지 남에 대해서까지 나타내야 하겠는가? 利己心은 인간의 밑바탕이기는 하나 利他心이 있어야 사회는 밝아지네. 남의 人格 깔아뭉개는 애처는 참다운 애처가 아니렷다. 세상 모든 남편들이여, 아내 사랑하고 아끼되 八不出 소리는 듣지 않게 하라.

(二十八) 四苦裏影(사고이영) 사고의 그림자

生兮業果萬金童

(생혜업과만금동)　　　　　　태어남이여 인과에 따른 금자동이요

老益精强雪爪同

(노익정강설조동)　　　　　　노익장이란 말 눈 위의 새 발자국이지.

病浸陰陰竇不速
(병침음음빈불속)　　　병은 몰래 스며드니 청하지 않은 손님이요

死歸淨土世緣空
(사귀정토세연공)　　　죽어 부처 나라에 가고 나면 세상 인연 공일세.

<2012.2.10.>

(二十九) 水仙花(수선화) 수선화

春分密接續寒天
(춘분밀접속한천)　　　내일이 춘분인데도 찬 날씨 이어지는데

董紫花羞發石邊
(근자화수발석변)　　　자줏빛 오랑캐꽃 수줍은 듯 돌 옆에 피었네.

芍藥櫻桃深潛夢
(작약앵도심잠몽)　　　작약과 앵두는 꿈에 깊이 잠겨 있고

水仙醒起兩莖娟
(수선성기양경연)　　　수선화 깨어 일어나 두 꽃줄기 곱구나.

<2012.3.19.>

(參考)

紫霞 申緯의 '水仙花' <7絶>

鼓翼鷄鳴第一聲 明星晳晳月西傾 水仙枕畔如相狎 芳潔令人夢不成
(고익계명제일성 명성석석월서경 수선침반여상압 방결영인몽불성)

새벽 되어 닭 울음 첫 홰를 알리는데,
샛별은 반짝반짝 달도 기울었구나.
베갯머리에 수선화와 가까이 친할 때면,
꽃답고 아리다와 나 꿈도 못 이루네.

(三十) 躑躅花(척촉화) 철쭉꽃

陰庭丈半向陽斜

(음정장반향양사)　　　　　그늘진 마당에 길 반 키 해 향해 기울고

四月中旬滿發花

(사월중순만발화)　　　　　양력 사월 중순 꽃 가득 피었네.

紅軟白純明夜景

(홍연백순명야경)　　　　　순백에 연붉은 꽃 밤 풍경 밝히니

鄕歌故事感眞嘉

(향가고사감진가)　　　　　향가의 '헌화가' 이야기 참 아름답다 느껴지네.

<2012.4.25.>

(參考) 獻花歌: 江陵太守로 부임하는 純貞公의 아내 水路夫人이 바닷가 높은 벼랑
에 핀 철쭉꽃을 꺾어가졌으면 하고 바라더니, 소를 몰고 지나던 노인이 그 꽃을
꺾어와 바치며 부른 노래 곧 향가.

<三國遺事권2 紀異 水路夫人>

자줏빛 바위 곁에 잡은 암소 놓게 하시고

나를 부끄러워하지 않으시면 그 꽃을 꺾어 바치오리다.

(三十一) 椛伯作吾鄕岑味詩漢譯(화백작오향잠미시한역)
화백 陳世鉉 지은 '우리 마을 잘미' 시를 한시로 옮기다

妙嶺似連屛

(묘령사연병)　　　　　기묘한 봉우리 이은 병풍 같아

抱村畫圖致

(포촌화도치)　　　　　　마을을 안고 그림같이 이루었네.

東西玉水流

(동서옥수류)　　　　　　옥 같은 맑은 물 동서로 흐르고

南北盈淸氣

(남북영청기)　　　　　　남북으로는 산뜻한 기운 가득하구나.

處處笑聲彌

(처처소성미)　　　　　　곳곳마다 즐거운 웃음소리 번지고

家家情誼嗣

(가가정의사)　　　　　　집집이 도타운 정 이어지네.

忠良續誕生

(충량속탄생)　　　　　　정성스럽고 어진 이들 잇달아 태어나니

愛洞吾岑味

(애동오잠미)　　　　　　사랑스런 마을 우리의 잘미.

貽訓志承完

(이훈지승완)　　　　　　조상님 주신 가르침 그 뜻 온전히 이어

綿綿希望地

(면면희망지)　　　　　　면면히 이어갈 희망의 땅.

相扶相助施

(상부상조시)　　　　　　상부상조 정신 잘 베풀어

遠大來玆冀

(원대내자기)　　　　　　원대한 앞날을 바라고 있네.

此處平和村

(차처평화촌)　　　　　　여기는 평화 마을

永懷吾岑味

(영회오잠미)

영원히 품을 우리의 잘미.

<2012.7.3.>

<原詩>

아름다운 산들 병풍이 되어 그림 같은 마을을 감싸주었네.
앞뒤로 흐르는 시원한 강물 인심 좋고 공기 맑아 살기 좋은 곳
여기가 사랑 마을 우리의 잘미.
슬기로운 조상님들 뜻을 받들어 면면히 이어나갈 희망의 삶터
어려운 일 있으면 서로 도와서 더 밝은 내일 위해 함께 살았네
여기가 평화 마을 우리의 잘미.

(三十二) 椛伯作佛影溪谷詩漢譯(화백작불영계곡시한역)
화백 진세현 지은 '불영계곡'시를 한시로 옮기다

曲曲長溪玉水流

(곡곡장계옥수류)

굽이굽이 긴 골에 옥 냇물 흐르고

丹楓雪景疊巒周

(단풍설경첩만주)

단풍과 설경이 겹친 봉우리 둘렀구나.

無雙地上殊佳處

(무쌍지상수가처)

비길 데 없는 경치 뛰어난 곳이라

造化天然萬歲留

(조화천연만세류)

천연의 조화로움 영원히 남겠구나.

<2012.6.24.>

<原詩>

수천구비 긴 골짜기 구슬 같은 맑은 물
단풍 설경 황홀함이 협곡을 휘감아서
천하의 절경이요 동해로 흐르는데
톱니모양 기암절벽 장엄한 물소리
하늘이 준 선물인가 선녀들의 합창인가
불영계곡 그 풍광이 날줄 없는 거문고
천연의 병풍일세 억만년 이어가리.
－靑山不墨千年屛 流水無絃萬古琴－
(청산불묵천년병 유수무현만고금)

수천구비 긴 골짜기 구슬 같은 맑은 물

제3부

舊作 漢詩

文集『水踰頌』의 한시를 실린 그대로 옮겼음.

(一) 水踰頌(수유송) 수유동을 칭송하다

漢陽東北戌

(한양동북수)　　　　　　서울 동북쪽 옛 수자리 있던 자리

加五又加三

(가오우가삼)　　　　　　가오리에서 또 세 마장 되는 곳.

北漢連屛屹

(북한연병흘)　　　　　　삼각산은 이은 병풍으로 높이 솟았고

溪流錦繡涵

(계류금수함)　　　　　　골짜기 물은 비단 수처럼 잠기었다.

樹林皆繞屋

(수림개요옥)　　　　　　숲은 모두 집들을 둘러싸고

野鳥化禽慙

(야조화금참)　　　　　　들새는 집새가 되었음을 부끄린다.

遙望喧騷處

(요망훤소처)　　　　　　멀리 시끄러운 도심을 바라보다가

潛心桃境譚

(잠심도경담)　　　　　　무릉도원 이야기에 마음 잠기노라.

<1988.3.18.>

(二) 蔚珍蓮湖亭(울진 연호정) 울진읍의 연호정

三方繞畓曲湖成

(삼방요답곡호성)　　　　삼 면이 논으로 둘리어 굽은 호수 되었고

樓閣松林景槪淸

(누각송림경개청)　　　　누각과 소나무 숲 경치 깨끗하구나.

葉葉槎舟連接水

(엽엽사주연접수)　　　　잎잎이 신선 배 되어 물위에 잇달았고

花花一佛笑長莖

(화화일불소장경)　　　　꽃마다 부처님 긴 줄기에서 웃고 있다.

群仙唱舞亭中樂

(군선창무정중락)　　　　뭇 사람 신선같이 정자에서 가무 즐기고

燕子雙飛池上輕

(연자쌍비지상경)　　　　제비는 짝을 지어 연못 위를 경쾌히 나네.

八月炎天雲逐暑

(팔월염천운축서)　　　　무더운 팔월 하늘에 구름은 더위 쫓으니

尋鄕久客自歡聲

(심향구객자환성)　　　　오랜만에 고향 찾은 나 환성 절로 나오네.

<1995.8.22.>

(三) 次三陟竹西樓韻(차삼척죽서루운)
삼척 죽서루 시에 차운하다

太嶺崢嶸五十流
(태령쟁영오십류)   태백산맥 높이 솟아 오십천은 흐르고
眞珠勝處竹西樓
(진주승처죽서루)   삼척의 명승지 죽서루로구나.

星移物換英雄去
(성이물환영웅거)   세월 바뀌어 영웅들은 가셨지만
寶唾高懸萬歲留
(보타고현만세류)   남긴 시문은 누각에 걸려 만세토록 남네.

盛夏行雲成白狗
(성하행운성백구)   한여름 흐르는 구름 흰 강아지 모양이고
晴川綠岸泛閑鷗
(청천녹안범한구)   갠 냇물 푸른 기슭에는 갈매기 난다.

關東八景皆名所
(관동팔성개명소)   관동팔경 두루 이름난 곳이지만
第一江山著陟州
(제일강산저척주)   제일강산은 섬척 고을 두드러지는구나.

<1995.10.5.>

(四) 登道峰山萬丈峰(등도봉산만장봉)
도봉산 만장봉에 올라

甘雨間過景色新
(감우간과경색신)　　　　단비 띄엄띄엄 지나가 경치 새롭고

六名步步合良辰
(육명보보합양진)　　　　여섯 사람 걸음마다 좋은 날에 걸맞다.

砲臺稜線長尤險
(포대능선장우험)　　　　포대능선은 길고도 험하고

萬丈攢峰瑞且氤
(만장찬봉서차인)　　　　만장봉 모인 봉우리 상서와 정기 어렸네.

平楚尺山無限展
(평초척산무한전)　　　　평평한 숲 낮보이는 산들 끝없이 펼쳤고

彼蒼玄圃若成隣
(피창현포약성린)　　　　저 하늘 신선 사는 곳 이웃으로 느껴지네.

逍遙此境爲仙客
(소요차경위선객)　　　　이 경지를 거니노라니 신선이 된 듯하고

石窟庵前禮佛人
(석굴암전예불인)　　　　석굴암 암자 앞에서는 불제자가 되었어라.

<1994.5.4.>

(五) 訪板門店(방판문점) 판문점을 방문하여

南北往來唯一關
(남북왕래유일관) 남북이 오가는 오직 하나의 관문인데

首都西北二時間
(수도서북이시간) 서울 서북쪽 두 시간 걸리는 곳이더라.

山河連接三千里
(산하연접삼천리) 산과 강은 우리 땅 삼천리에 이어졌지만

歷史束羈六百鐶
(역사속기육백환) 역사는 휴전선 6백 리 고리에 묶였구나.

野鳥相呼遊葦霧
(야조상호유위무) 새들은 서로 불러 갈대 안개 속에 노는데

戍兵互角瞳無閑
(수병호각동무한) 경비병들 마주 서서 눈초리 쉴 새 없구나.

葛藤不信投西海
(갈등불신투서해) 남북 산 갈등과 불신 서해에 던져비리면

統一前途開萬山
(통일전도개만산) 통일의 앞길 모든 곳에서 열리리라.

<1990.11.1.>

(六) 臨淸臺懷古(임청대회고) 順天 임청대에서 회고하다

不朽忠魂士道明

(불후충혼사도명)　　　　　불후의 충혼 선비의 길 밝혔고

臨臺萬古慕賢成

(임대만고모현성)　　　　　임청대는 만고에 성현 추모의 정 이루네.

孤臣黯淚梅溪詠

(고신암루매계영)　　　　　'고신의 어두운 눈물'은 曺偉 선생 읊었고

一老蒼髥文敬名

(일로창염문경명)　　　　　金宏弼 선생은 '늙은 소나무'라 읊어 별명
　　　　　　　　　　　　　같이 되었구나.

左右逍遙回昔想

(좌우소요회석상)　　　　　이리저리 거닐며 옛날을 회상하매

東西勝景益衷情

(동서승경익충정)　　　　　동서의 승경이 충정을 더해주네.

高風濬哲今何在

(고풍준철금하재)　　　　　고아한 품격 지녔던 그분들 지금 어디 계시는가

傲節人人頌祝聲

(오절인인송축성)　　　　　傲霜孤節이라 사람마다 송축하는 말속에 있구나.

<2001.7.8.>

(註) *孤臣黯淚: 梅溪 曺偉의 '南遷過漢江' 시에서 인용. *一老蒼髥: 寒暄堂 金宏弼
의 '路傍松' 시에서 인용.

(七) 四時(사시) 네 계절

春來染麓滿山紅
(춘래염록만산홍) 봄이 와 산기슭부터 물들어 온 산이 붉고
物我交情瑞氣通
(물아교정서기통) 사람과 만물 정을 주고받아 서기 통하네.

夏綠繁華炎帝惠
(하록번화염제혜) 여름 초록 번화로움 염제신의 혜택이요
秋綃焜耀蓐收功
(추초혼요욕수공) 가을 단풍 비단으로 고움 욕수의 공이라.

丹黃紫翠桃源境
(단황자취도원경) 붉고 누런 먼데 산 무릉도원 경개요
葉落雲根廣莫風
(엽락운근광막풍) 겨울 되어 잎 진 바위에 북풍 몰아치네.

夢幻人生如所化
(몽환인생여소화) 꿈결 같은 인생 자연에 매인 몸이리
花朝月夕喜悲中
(화조월석희비중) 꽃피는 봄 달 밝은 가을 모두가 희비 속에 있구나.

<1994.10.3.>

(八) 秋聲(추성) 가을의 소리

綾垂一葉落知秋
(능수일엽낙지추)　　　　능수버들 잎 떨어지니 가을임을 알겠고

大火心星漸下流
(대화심성점하류)　　　　대화심성 별은 점점 아래로 흐르는구나.

蟋蟀淸聲呼曉足
(실솔청성호효족)　　　　귀뚜라미 맑은 소리 새벽을 부르고

鴻雁唳韻現山頭
(홍안려운현산두)　　　　기러기 울음 여운 산머리에 나타나네.

鳧鐘近響東南寺
(부종근향동남사)　　　　종소리는 동남쪽 절에서 울려오고

賞客沈吟西北樓
(상객침음서북루)　　　　觀賞客들 서북 편 누각에서 시 읊조리네.

萬籟金風時節好
(만뢰금풍시절호)　　　　온갖 소리와 시원한 가을바람 좋은 시절

尋鄕汽笛使人愁
(심향기적사인수)　　　　고향 가는 기적소리 나를 시름겹게 하네.

<2000.9.9.>

(九) 晩秋(만추) 늦가을

白日移南斂熱風
(백일이남렴열풍)　　　해 남쪽으로 가며 뜨거운 바람 거두었고
雁來燕去例年同
(안래연거예년동)　　　기러기 오고 제비 가는 게 예년과 같구나.

天高水闊丹山近
(천고수활단산근)　　　하늘 높고 물 질펀하며 단풍든 산 가깝고
物盛西收紫野洪
(물성서수자야홍)　　　풍성하게 추수하니 이내 낀 들 널찍하다

丙夜情談寒露下
(병야정담한로하)　　　한밤중까지 정담 나누니 찬이슬 내리고
霞朝抱擁夢甘中
(하조포옹몽감중)　　　아침 노을 때까지 안고 단꿈에 잠겼네.

陽光道泰輝圓滿
(양광도태휘원만)　　　태양은 태평하게 온 세상 고루 비추고
片月虛心掛狀弓
(편월허심괘상궁)　　　조각달 무심히 활 모양으로 걸렸구나.

<1997.9.27.>

(十) 鬱陵島(울릉도) 울릉도

東方絶海負青天

(동방절해부청천)　　　　　　동쪽 먼 바다에서 푸른 하늘을 이고

戀陸焦心幾萬年

(연륙초심기만년)　　　　　　뭍 그리는 애 타는 맘 그 몇 만 년이던가.

瑞氣常廻雲嶺上

(서기상회운령상)　　　　　　상서로운 기운 聖人峰에 늘 감돌고

浪花頗聳怪岩邊

(낭화파용괴암변)　　　　　　솟구치는 흰 물결 기암괴석에 치솟네.

山間藥草培彭老

(산간약초배팽로)　　　　　　산 속 약초는 팽조 노인 북돋우었고

水底魚鰕養神仙

(수저어하양신선)　　　　　　바다의 물고기와 새우는 신선 길러냈구나.

彼岸桃源何處有

(피안도원하처유)　　　　　　이상향과 무릉도원 그 어디 있는고

孤兒此島古來傳

(고아차도고래전)　　　　　　고아 같은 이 섬이라 예로부터 전해오네.

<1999.6.5.>

(十一) 登白頭山(등백두산) 백두산에 올라

靈峰屹立兩分天
(영봉흘립양분천)　　　　　신령한 봉우리 높이 솟아 하늘을 갈랐고
國祖開基半萬年
(국조개기반만년)　　　　　단군 할아버지 터 잡기 반만년 되었구나.

嶽樺群生山腹上
(악화군생산복상)　　　　　사스레 나무 산허리에 무리 져 숲 이루고
霧霞散走龍潭邊
(무하산주용담변)　　　　　안개는 천지 가에 흩어지며 흐르네.

奇巖雪壁呼風伯
(기암설벽호풍백)　　　　　기암과 눈 덮인 절벽 풍백을 부르고
磐石靑苔導老仙
(반석청태도노선)　　　　　반석의 푸른 이끼 불로장생 신선 이끄네.

極目望南雲疊疊
(극목망남운첩첩)　　　　　남쪽을 바라보니 十름 첩첩이 끼어 있어
無言感激以心傳
(무언감격이심전)　　　　　말없는 속 감격을 마음으로만 전할 뿐.

<1999.6.22.>

(十二) 登萬里長城(등만리장성) 만리장성에 올라

訪中四日此城尋
(방중사일차성심)　　　　중국 방문 넷째 날 만리장성을 찾으니

嶺上逶移壯觀深
(영상위이장관심)　　　　고개 위로 구불구불 오른 장관 끝없구나.

三尺堯階常道泰
(삼척요계상도태)　　　　요 임금 대궐 층계 석 자 높인데도 늘 편안했는데

千層紫塞數胡侵
(천층자새삭호침)　　　　이 성이 천 길 높아도 오랑캐 자주 침범했었네.

往年殺伐攻防喊
(왕년살벌공방함)　　　　지난날 치고 막는 함성으로 살벌했으련만

現世和平頌祝音
(현세화평송축음)　　　　이제는 송축 음악소리 화평하게 들리네.

聞見新奇餘韻裏
(문견신기여운리)　　　　듣고 봄이 새롭고 기이해 여운 감도는데

馬翁故事感胸襟
(마옹고사감흉금)　　　　새옹지마 고사가 가슴을 때리네.

<1999.6.24.>

(十三) 龍慶峽觀光有感(용경협관광유감)

용경협-小桂林-을 둘러본 소감

翠微遮水遂湖河

(취미차수수호하)　　　　　　　산중턱 물 막아 호수와 강물 이루어

曲曲攢峰絶景多

(곡곡찬봉절경다)　　　　　　　굽이굽이 봉우리들 모여 절경이 많구나.

賞客歡聲山谷響

(상객환성산곡향)　　　　　　　관광객들 환성 산골에 메아리 치고

遊船汽笛岸岩波

(유선기적안암파)　　　　　　　유람선 기적소리 기슭 바위에 파도친다.

望仙洞口餘香繞

(망선동구여향요)　　　　　　　망선 골 어귀에 남은 향기 둘러있고

百窟周邊滿薜蘿

(백굴주변만벽라)　　　　　　　白花洞窟 주변에는 담쟁이덩굴 가득하다.

廣闊中原皆勝地

(광활중원개승지)　　　　　　　드넓은 중국 땅 모두가 명승지인데

廻雲龍慶聳巍峨

(회운용경용외아)　　　　　　　구름 감도는 용경협이 험난하게 솟았구나.

<1999.6.24.>

(十四) 次張繼再泊楓橋韻(차장계재박풍교운)
장계의 '재박풍교' 시에 차운하다

京杭水路繞垣中

(경항수로요원중)　　　　　북경~항주 운하가 울타리를 두른 속에

古刹寒山聳偉容

(고찰한산용위용)　　　　　한산사 오랜 절이 당당하게 솟았네.

月落烏啼無望裏

(월락오제무망리)　　　　　달 지고 까마귀 우는 정경 바랄 수 없어

傾聽各己打三鐘

(경청각기타삼종)　　　　　각자 세 번씩 치는 종소리 귀기울여 듣네.

<2001.9.11.~16.>

<原詩>

白髮重來一夢中 靑山不改舊時容 烏啼月落寒山寺 欹枕尙聽半夜鐘

백발 되어 꿈속같이 다시 여기 오니 청산은 바뀌지 않아 옛 모습 그대로네. 까마귀 울고 달이 지는 한산 절, 배 안에서 베개 기대어 밤중 그때의 종소리 예대로 듣는구나.

(十五) 次白居易春題湖上西湖韻(차백거이춘제호상서호운)
백낙천의 '춘제호상 서호' 시에 차운하다

水陸和成淡墨圖

(수륙화성담묵도)　　　　　물과 뭍 잘 어울려 묵화 그림 이루었고

雨奇晴好饗筵鋪

(우기청호향연포)　　　비오든 개든 경치 좋아 잔치자리 펼친 듯.

韓公抉漢天分彩

(한공결한천분채)　　　韓愈 은하수 움켜잡아 日月星辰 하늘무늬 가르듯

上帝施恩地賜珠

(상제시은지사주)　　　조물주 은혜 베풀어 지상에 구슬 호수 내렸구나.

蘇白長堤飄細柳

(소백장제표세류)　　　蘇堤 白堤의 긴 둑에 버들가지 나부끼고

荷花曲院列黃蒲

(하화곡원열황포)　　　연꽃 피는 ‘곡원’에는 부들 줄지어 섰네.

人人歎賞風光秀

(인인탄상풍광수)　　　사람마다 경치 빼어남을 감탄하며 보나니

越女蛾眉有此湖

(월녀아미유차호)　　　西施의 고운 눈썹 이 서호에 있구나.

<上소>

<原詩>

湖上春來似畫圖 亂峰圍繞水平鋪 松排山向千重翠 月點波心一顆珠 碧毯
線頭抽早稻 靑羅裙帶展新蒲 未能抛得杭州去 一半句留是此湖

호수에 봄 드니 마치 그림 같은데, 크고 작은 봉우리 호수를 둘렀고 물은
평평하게 펼쳐졌네. 소나무 산을 덮어 천 겹으로 푸르고, 달은 물 가운데
에 점찍듯 한 알 구슬이로구나. 올벼는 푸른 담요의 실 끝같이 자랐고,
새 부들은 푸른 비단 치마 띠를 펼친 듯. 이 항주를 버리고 떠날 수 없어,
시 한 수 지어 서호에 남기노라.

(十六) 天子山觀覽(천자산관람)

중국 張家界의 천자산을 관람하고

奇巖絶壁接靑天

(기암절벽접청천)　　　　　　　기암절벽은 푸른 하늘에 닿아

忘却時空幾萬年

(망각시공기만년)　　　　　　　시간 공간 잊은 지 그 몇 만 년인고.

賀龍公園山腹上

(하룡공원산복상)　　　　　　　하룡 공원은 산허리 위에 있고

張良墓地峽溪邊

(장량묘지협계변)　　　　　　　장량의 묘소는 金鞭峽 계곡 가에 있네.

雲霞紫霧人非俗

(운하자무인비속)　　　　　　　운하 자무 속에 있는 사람 속세를 벗었고

百態森羅物亦仙

(백태삼라물역선)　　　　　　　백 가지 모양의 사물 또한 신선일세.

造化無窮頤解裏

(조화무궁이해리)　　　　　　　조화무궁해 입 다물어지지 않게 감탄해

偕行不語以心傳

(해행불어이심전)　　　　　　　함께 간 일행들 말 않고 이심전심일 뿐.

<2001.9.11.～16.>

(十七) 立春(입춘) 입춘 날에

正月陽光冷氣刪

(정월양광냉기산)

   정월 햇볕 찬 기운 깎으니

扉前凍土濕溫還

(비전동토습온환)

   대문 앞 언 땅 습한 기운 돌아오네.

街頭到處持香客

(가두도처지향객)

   거리 곳곳에는 향 들고 절에 가는 사람들

紫霧回流北漢山

(자무회류북한산)

   자줏빛 아지랑이 북한산을 감도네.

       <1982. 음 1.11.>

(十八) 天下皆春(천하개춘) 온 세상이 봄이라

羲和笑近自南東

(희화소근자남동)

   해가 동남에서 웃으며 다가오니

萬象耽陽喝采同

(만상탐양갈채동)

   만물이 볕을 즐기며 갈채가 한가지라.

裸木新裝誇紫綠

(나목신장과자록)

   헐벗은 나무들 새 단장해 푸름을 뽐내고

溪流合奏頌薰風

(계류합주송훈풍)

   시냇물 합주하여 훈풍을 칭송하네.

人人設計深思裏

(인인설계심사리)　　　사람마다 새해 설계 깊이 생각하는데

物物相迎蠢動中

(물물상영준동중)　　　온갖 사물 서로 환영하며 꿈틀거리는구나.

彼我閑忙成道泰

(피아한망성도태)　　　다들 한가나 바쁨 속에서 태평을 이루니

當時各得許多功

(당시각득허다공)　　　알맞은 때 만나 각기 많은 수확 얻으리.

<1996.5.8.>

(十九) 棘鳥(극조) 가시나무 새

浮世榮華我不關

(부세영화아불관)　　　뜬세상 영화 나와는 상관없어

相逢大棘耐辛艱

(상봉대극내신간)　　　큰 가시 만나려 쓰리고 어려움 견디네.

美聲一曲優天籟

(미성일곡우천뢰)　　　아름다운 그 울음소리 천뢰보다 나으니

業果千年越萬山

(업과천년월만산)　　　천년 응보 만산 넘어 울려 퍼지네.

<1988.3.18.>

(二十) 百日紅(백일홍) 백일홍

庭有單株百日紅

(정유단주백일홍) 　　　　　　　마당의 한 그루 백일홍

軟紅花發暗香洞

(연홍화발암향동) 　　　　　　　연분홍 꽃 피어 은은한 향기 퍼진다.

年前謹植靑苗木

(연전근식청묘목) 　　　　　　　연전에 어린 묘목 정성 들여 심었더니

數歲成長脊競楓

(수세성장척경풍) 　　　　　　　몇 해 잘 자라 단풍나무와 키 겨룬다.

芝洞生家亦有一

(지동생가역유일) 　　　　　　　지장골 옛집에도 한 그루 있었는데

此花今昔感懷同

(차화금석감회동) 　　　　　　　이 꽃은 예나 지금이나 그 감회 같네.

未知先考栽培意

(미지선고재배의) 　　　　　　　선고께서 백일홍 기꾸신 뜻 몰랐는데

目見全開貽訓充

(목견전개이훈충) 　　　　　　　활짝 핀 꽃 보니 내리신 가르침 가득하네.

(一作) 窓前一幹百日紅 軟紅花發興趣洞 年前謹栽一尺苗 三秋助長窓架從 芝亭故
家 亦有壹 今日感懷依舊同 長恨未知先考儀 今對此花拜偉容.

<1979.8.31.>

(二十一) 讚天安名産笠場巨峰葡萄

(찬천안명산입장거봉포도) 거봉 포도 칭송

綠波載架繞農家

(녹파재가요농가)　　　　푸른 잎 물결 시렁에 올려 농가를 둘렀고

顆顆成珠倒懸嘉

(과과성주도현가)　　　　알알이 구슬 되어 거꾸로 매달려 곱구나.

陸史沈吟如寫實

(육사침음여사실)　　　　이육사는 절실하게 청포도를 읊었고

申師任筆似香花

(신사임필사향화)　　　　신사임당은 향기로운 꽃같이 그렸었다.

胡桃鬱鬱蒼空直

(호도울울창공직)　　　　호도나무는 울창하게 하늘로 곧게 솟는데

此樹橫橫地面斜

(차수횡횡지면사)　　　　포도나무는 옆으로 퍼져 지면에 빗기었다.

巨峰葡萄糖度秀

(거봉포도당도수)　　　　입장의 거봉 포도는 당도가 빼어나

天安特産一名加

(천안특산일명가)　　　　천안 특산물에 또 한 이름 더한다.

<1998.8.27.>

(二十二) 山花(산화) 산에 핀 꽃

岩隅爲地綠陰天
(암우위지녹음천)　　　　바위 모서리를 바탕 삼고 녹음을 하늘 삼아

雨露恩讐唾棄焉
(우로은수타기언)　　　　비와 이슬 은혜 되든 원수 되든 관심 밖일세.

山老多情長愛撫
(산로다정장애무)　　　　산 노인 다정하게 오래 어루만지는데

俗人無感一覗然
(속인무감일사연)　　　　속인은 느낌 없어 흘깃 보고 지나치네.

<1987.9.18.>

(二十三) 長霖(장림) 장마

六月長霖濕汗濺
(유월장림습한천)　　　　유월 장마 축축한 땀 흐르게 하고

堂廊漏水似溝邊
(당랑누수사구변)　　　　마루는 비 새어 도랑 가 되었구나.

乾坤滿墨无望曬
(건곤만묵무망쇄)　　　　하늘 땅 먹빛이라 갤 가망 전혀 없어

大臥無財尤怨天
(대와무재우원천)　　　　큰대 자로 누워 돈 없다고 하늘만 원망해.

<1980.6.12.>

(二十四) 晩秋登義巖祠(만추등의암사)

늦가을에 의암사에 올라

義巖祠宇聳千秋

(의암사우용천추)　　　　　　論介 의암 사우 영원토록 높이 솟아

殉死忠心兩美收

(순사충심양미수)　　　　　　임과 임금 위한 순절 두 미덕 거두었네.

卉服波飜乖亂洶

(훼복파번괴란흉)　　　　　　왜적들 분란 일으켜 민심 흉흉한 때

黃冠奮起倡和流

(황관분기창화류)　　　　　　백성들 분기해 倡義의 기운 넘치었네.

三溪兵使武官頂

(삼계병사무관정)　　　　　　崔慶昌 병마절도사는 무관의 으뜸이요

烈女論娘婦道頭

(열녀논낭부도두)　　　　　　열녀 논개 아씨 부도의 첫째였어라.

遙望東西皆勝景

(요망동서개승경)　　　　　　멀리 바라보니 사방이 승경이라

懷疑此地神仙遊

(회의차지신선유)　　　　　　신선이 유람하던 곳 아닌가 여겨지네.

<2002.9.18.>

(二十五) 賀禮從伯兄東邸公古稀生辰

(하례종백형동오공고희생신)

太白峥嶸千古開

(태백쟁영천고개)　　　　　태백산맥 높이 솟아 천년 세월 열리지만

人生變貌卅年來

(인생변모삽년래)　　　　　사람의 모습 변하기 삼십 년이지요

紅顔拜對非稀古

(홍안배대비희고)　　　　　홍안 뵈오니 일흔 연세 같지 않으시어

進獻門中松鶴杯

(진헌문중송학배)　　　　　집안사람 모두 장수 약주 잔 올립니다.

<1987.1.11.>

(二十六) 賀禮舍伯兄伽山公古稀宴

(하례사백형가산공고희연)

先意承志

(선의승지)　　　　　조선님들 높으신 뜻 이어받으시어

充閭之慶

(충려지경)　　　　　집안 가득 자손 많은 경사 있으시다.

于飛自適

(우비자적)　　　　　내외분 나란히 해로로 유유자적 살아가시고

含飴弄孫

(함이농손)　　　　　　달콤함 맛보시듯 손자들 재롱 즐기시네.

<1992.4.25.>

(二十七) 賀禮仲兄恒山公還曆(하례중형항산공환력)

花氣月陰由上天

(화기월음유상천)　　　　꽃향기 달그림자는 하늘에 말미암고

良辰慶事繫人虔

(양진경사계인건)　　　　좋은 날 경사는 사람 정성에 매입니다.

仲兄今日迎還曆

(중형금일영환력)　　　　형님 오늘 회갑을 맞이하시니

天福的中人德焉

(천복적중인덕언)　　　　천복과 형님의 덕이 합치된 것이지요.

常有恒心悠自適

(상유항심유자적)　　　　늘 항심을 가지시어 유유히 지내시고

無門大道正名宣

(무문대도정명선)　　　　마음의 문 열어 바른 명성 펼치시네.

三千弟子在鄕里

(삼천제자재향리)　　　　많은 제자들 고향 땅에 있으니

高節流芳永世傳

(고절유방영세전)　　　　높은 절조 꽃다운 향기 영원히 전해지네.

<1989. 음력 10.6.>

(二十八) 賀長姪女賢淑婚禮(하장질녀현숙혼례)

큰질녀 현숙 결혼 축하

異邦萬里爲親鄕

(이방만리위친향)　　　　　　　　만리 먼 외국을 친 고향으로 삼아

一片衷心向壻郎

(일편충심향서랑)　　　　　　　　정성 된 마음 남편에게로 돌리어라.

故國門中唯所願

(고국문중유소원)　　　　　　　　고국의 집안에서 오직 바라는 바는

汝承家統孝仁娘

(여승가통효인낭)　　　　　　　　가통 이어 효와 인의 며느리 되는 게다.

<1985. 음력 3.20.>

(二十九) 祝朱鍾德學兄東海副市長昇進

(축주종덕학형동해부시장승진)

주종덕 동기의 동해시 부시장 승진을 축하하여

與君同苑鍊心身

(여군동원연심신)　　　　　　　　그대와 한 학교에서 심신을 닦고

羽化飛翔異路人

(우화비상이로인)　　　　　　　　졸업 후 각기 다른 분야 사람 되었어라.

吾羽不長停滯甚

(오우부장정체심)　　　　　　　　나는 발전 못해 정체 심했는데

兄肱强健涿麒麟
(형굉강건수기린)　　　　학형은 강건해 기린처럼 승승장구일세.

貴公昇進牧之副
(귀공승진목지부)　　　　귀공은 승진하여 동해시 부시장 되니

同學友中誰競彬
(동학우중수경빈)　　　　동기생 중 누가 그대와 빛남을 겨루리.

我等居住千里外
(아등거주천리외)　　　　우리 천리 멀리 떨어져 살고 있지만

常存知己地涯隣
(상존지기지애린)　　　　知己之友면 땅 저 끝도 이웃이 되리.

<1987.1.25.>

(三十) 祝李鶴峰停年退任(축이학봉정년퇴임)
학봉 李秉翼씨의 정년 축하

人間歷路事多生
(인간역로사다생)　　　　사람이 가는 길 많은 일들 생기는데

書劍兼全至難成
(서검겸전지난성)　　　　문무 모두 갖추기 지극히 어렵네.

將校從軍勳救國
(장교종군훈구국)　　　　장교로 종군하여 구국의 공 세웠고

文官庶政獻丹誠
(문관서정헌단성)　　　　사무관으로 행정 펴 단성으로 헌신했네.

襃章力著傳天下
(포장역저전천하)　　　　　　　포장과 저서 세상 널리 전해지고
桂馥蘭薰感萬情
(계복난훈감만정)　　　　　　　가문과 자제의 번창, 모두들 감동하네.

膝下五星承美志
(슬하오성승미지)　　　　　　　슬하의 다섯 남매 공의 뜻을 이었고
班家百代繼燈明
(반가백대계등명)　　　　　　　전통 깊은 양반 가문 사회의 등불일세.
<1994.2.2.>

(註) *側吟(측음) 곁만 읊다
鶴鳴世淸淨 百河不勝洙(관명세청정 백하불승수)
<1979.8.>
황새 우니 세상이 깨끗하고, 어떤 강물도 洙水보다 낫지 않구나.

(三十一) 祝鄕隱處士孝行(축향은처사효행)
향은 朴受泰씨의 효행을 기리다

自古班家至孝成
(자고반가지효성)　　　　　　　예로부터 양반 가문에 지극한 효자 나서
民間倣此五倫明
(민간방차오륜명)　　　　　　　백성들이 이를 본받아 오륜이 밝아졌네.
坊坊曲曲旌閭閣
(방방곡곡정려각)　　　　　　　방방곡곡에 정려각이 서고

戶戶村村道德城

(호호촌촌도덕성)　　　　　　　집집마다 마을마다 도덕이 굳세었네.

時俗縉紳忠義少

(시속진신충의소)　　　　　　　요즈음 신사들 충의로움이 드문데

朴門鄕隱竭眞誠

(박문향은갈진성)　　　　　　　박씨 가문 향은 선생 참 성심 다했네.

唐津大也徵碑聳

(단진대야징비용)　　　　　　　당진의 대야 마을에 그 비석 우뚝하니

斷指丹心萬歲聲

(단지단심만세성)　　　　　　　부모 위해 단지한 효심 만세 성망이어라.

<1994.12.12.>

(三十二) 追慕耕史邊公獨立運動(추모경사변공독립운동)
경사 邊舜基 공의 독립운동을 추모하다

前驅義士重鮮明

(전구의사중선명)　　　　　　　앞장서는 의사들 선명성을 중히 여겨

固守初心越死生

(고수초심월사생)　　　　　　　처음 결심 그대로 지켜 생사를 초월한다.

斷棄安居甘棘路

(단기안거감극로)　　　　　　　편한 삶 버리고 가시밭길 달게 걸어

先鋒萬衆導縱橫

(선봉만중도종횡)　　　　　　　만인의 선봉 되어 그들을 이끌어가네.

邊公父子爲忠國
(변공부자위충국)　　　변 공 부자는 나라에 충성을 다하여

有志專州慕熱情
(유지전주모열정)　　　유지들과 군수가 그 열정을 사모했네.

貽訓相傳隣近洞
(이훈상전인근동)　　　남기신 교훈 이웃 동네에 전해져 내려와

年年歲歲頌高名
(연년세세송고명)　　　세세 연년 그 높은 명성 칭송하네.

<1994.12.19.>

(三十三) 追慕省菴金孝元先生(추모성암김효원선생)
성암 선생을 추모하다

家庭孝友國淸臣
(가정효우국청신)　　　집에서는 효성과 우애요 나라에는 청렴한 정승,

隱德言行日益新
(은덕언행일익신)　　　숨온 덕 남긴 언행 날로 새로워지네.

萬古蒼松常秀衆
(만고창송상수중)　　　만고에 푸른 소나무 늘 무리에서 빼어나고

三鄕愛恤獨崇民
(삼향애휼독숭민)　　　세 고을 애휼하여 홀로 백성들을 받들었네.

無邪道政衝方叔

(무사도정충방숙)　　　사사됨이 없는 도덕정치 沈義謙 선생과 다투어

有故東西散士人

(유고동서산사인)　　　까닭 있어 선비들은 동인과 서인으로 흩어졌네.

雉岳秋期追慕典

(치악추기추모전)　　　　　　치악제 가을 추모 행사로

高名貽訓與公伸

(고명이훈여공신)　　　높은 명망 남기신 교훈 널리널리 퍼지리라.

<1995.9.11.>

(三十四) 次碧海先生生朝韻(차벽해선생생조운)
차운 申鉉珏 선생 생신 시

碧海先生八十春

(벽해선생팔십춘)　　　　大邱의 벽해 선생 여든 연세 되시고

回婚已過享寧新

(회혼이과향녕신)　　　회혼 이미 지나 강녕 누림이 새로우리.

書堂受學通斯道

(서당수학통사도)　　　서당에서 학문 익혀 유교 도덕에 통했고

故里營農布禮仁

(고리영농포예인)　　　고향에서 영농하며 예도와 인을 펴셨네.

膝下蘭薰承孝悌

(슬하난훈승효제)　　　슬하의 뛰어난 자제들 효제를 이어받았고

于飛弄裔頌稀珍

(우비농예송희진)　　양주분 해로하며 후손 재롱 즐겨 드물게
진귀함이라 칭송 받네.

悠悠自適桃源客

(유유자적도원객)　　유유자적함이 도원경에 노니는 분이 되고

永世貽傳福祿人

(영세이전복록인)　　복록 많은 분이라 영원히 전해지리.

<1997.4.14.>

(三十五) 松坡金舜圭喜壽生朝韻
송파 김순규 선생의 77세 생신 축하

人生七十古稀身

(인생칠십고희신)　　인생 칠십은 고희의 몸인데

七十加年天壽親

(칠십가년천수친)　　칠십에 몇 해 더함은 천수에 가깝다 하리.

用舍行藏修士道

(용사행장수사도)　　용사행장으로 신비의 도 닦았고

居恭事敬得名眞

(거공사경득명진)　　공손과 공경으로 참 명성 얻었네.

松坡詞伯聯珠作

(송파사백연주작)　　송파 시인 옥 같은 시 잇달아 지으니

孔孟先師垂訓陳

(공맹선사수훈진)　　공자 맹자 옛 스승께서 수훈 펴듯 하네.

鶴髮彭翁今再現

(학발팽옹금재현)　　　　학발의 팽조 노인 이제 다시 나타났으니

含飴弄裔拂纖塵

(함이농예불섬진)　　　　후손들 재롱 즐기며 세상사 모두 떨치리.

<2000.11.19.>

(三十六) 祝松溪車甲峯先生米壽
송계 차갑봉 선생의 88세 장수 축하

松溪巨匠壽康春

(송계거장수강춘)　　　　뛰어나신 송계 선생 수복강녕 연세 되니

內外諸賢慶賀新

(내외제현경하신)　　　　내외 여러분들 새로이 경하 드리네.

竭力誠心模孝禮

(갈력성심모효례)　　　　갈력 성심 하심은 효례의 모범 되고

盡忠友愛範寬仁

(진충우애범관인)　　　　진충 우애하셨음은 관인의 본이시며

囊中秀作漸佳境

(낭중수작점가경)　　　　낭중의 훌륭한 작품 점입가경 이루었고

主導詞林衆望親

(주도사림중망친)　　　　여러 詩社 이끄시니 중망이 친밀하네.

膝下繁昌加一福

(슬하번창가일복)　　　　　　　슬하 번창하여 또 복을 더했으니

含飴弄裔老彭伸

(함이농예노팽신)　　　후손들 재롱으로 노후 즐기심이 옛 팽조와 같구려.

<2001.6.18.>

(三十七) 追慕安文成晦軒先生(추모안문성회헌선생)
安珦 선생을 추모하다

東邦朱子像堂堂

(동방주자상당당)　　　　　　　동방의 주자님 영정 모습 당당하고

性理先驅遺化長

(성리선구유화장)　　　　　　　성리학 선구자로 끼친 교화 오래라.

曲學凡人生蕕臭

(곡학범인생유취)　　　　　　　곡학하는 범인에서는 나쁜 냄새 생기나

宗師聖哲發蘭香

(종사성철발난향)　　　　　　　스승 받드는 성인은 난초 향기 풍기네.

私財獻納成儒國

(사재헌납성유국)　　　　　　　사재 헌납하여 유교의 나라 이루었고

立政安民振帝鄉

(입정안민진제향)　　　　　　　입정 안민하신 일은 중국까지 떨치었네.

賜額榮華傳永世

(사액영화전영세)　　　　　　사액 받은 영화로움 영원토록 전해지고

斯文後代侍無忘

(사문후대시무망)　　　　　　유교 후대들 잊지 않으며 모시리라.

<1998.10.11.>

(三十八) 追遠齋暨神道碑閣新建寓慕吟 (추원재기신도비각신건우모음) 추원재와 함께 신도비각을 새로 세움에 추모하며 – 丁壽崗과 그 後孫

累代功高縉族成

(누대공고진족성)　　　　　　몇 대 겹쳐 공적 높아 고관 집안 이루어

東方八域滿崇情

(동방팔역만숭정)　　　　　　우리나라 팔도에 숭모의 정 가득하네.

月軒靖國仁廉務

(월헌정국인렴무)　　　　　　정수강 선생 정국하며 인자 청렴 힘썼고

嘉仲承從貽訓淸

(가중승종이훈청)　　　　　　아들 玉亨 그 뜻 이어 끼친 교훈 맑구나.

追遠齋宮碑閣竪

(추원재궁비각수)　　　　　　그분들 추원재와 비각 건물 세우니

紫雲頂上瑞光榮

(자운정상서광영)　　　　　　자운산 정상에 서광 어려 영예롭네.

宗親戚屬同參祭

(종친척속동참제)   종친과 친척들 제전에 동참하니

頌德稱辭世世聲

(송덕칭사세세성)   그 덕 칭송하는 말씀들 대대로 이어지리.

<1998.9.2.>

(三十九) 頌祝資憲大夫知中樞府事容庵陳公神道碑竪碑

자헌대부 지중추부사 용암공 ─陳萬碩─ 신도비 세움을 송축하다

萬古英豪繼碩公

(만고영호계석공)   만고에 뛰어난 호걸이신 계석공─만석공

難民救恤我親同

(난민구휼아친동)   난민 구휼을 내 친척 같게 하셨네.

縉紳顯職無成績

(진신현직무성적)   고관 지위 관원들 실적 이루지 못했는데

白首勤農有樹功

(백수근농유수공)   백수의 부지런한 농민이 공적 세웠구나.

快擲私財行大道

(쾌척사재행대도)   사재 흔쾌히 바치어 대도를 실천했고

加資資憲證王風

(가자자헌증왕풍)   자헌대부 높은 벼슬로 왕풍을 밝혔네.

高名偉業尋何處

(고명위업심하처)　　　　높은 명망 큰 업적 어디에서 찾을꼬

永在昌寧衆意中

(영재창녕중의중)　　　　창녕 모든 이들 마음에 자리 잡고 있네.

<2002.7.1.>

(四十) 頌功中和中學校李漢秀校長停年退任
이한수 교장 정년퇴임 송공

生涯一路古今稀

(생애일로고금희)　　　　한평생 외길 가기 고금에 드문데

校長仁兄業績輝

(교장인형업적휘)　　　　어진 벗 이 교장의 업적 크게 빛나네.

五敎施行師道貴

(오교시행사도귀)　　　　맹자의 오교 베풀어 사도를 존귀케 했고

三綱固守治家巍

(삼강고수치가외)　　　　삼강을 굳게 지켜 가정 다스림 거룩하네.

名門後裔兼才四

(명문후예겸재사)　　　　명문의 후손으로 사재를 아울렀고

笏帶先人列副騑

(홀대선인열부비)　　　　고관 지내신 조상들 곁 곁말 반열 올랐네.

頌德多年功不滅
(송덕다년공불멸)　　　　　　　다년간 쌓은 공덕 불멸함을 기리니
含飴眷率樂于飛
(함이권솔낙우비)　　　달콤함 맛보며 가솔 거느려 양주분 노후 즐기시라.

<1998.8.25.>

(四十一) 祝金永植校監餘香錄發刊
김 교감의 '여향록' 발간을 축하하다

忘形對面道峰中
(망형대면도봉중)　　　　　　　격의 없이 도봉 중학에서 처음 만나
性品溫和意氣通
(성품온화의기통)　　　　　　　성품 온화하시어 의기가 통했었네.

隔阻連年雲樹慕
(격조연년운수모)　　　　　　여러 해 소식 끊겨 벗 그리는 정 품었고
相逢去歲舊情同
(상봉거세구정동)　　　　　　지난해 다시 만나 옛 정 그대로 가졌네.

尊兄卓見多藍出
(존형탁견다남출)　　　김형은 탁견 있어 훌륭한 제자 많이 길러 내셨는데
拙我非才少訓蒙
(졸아비재소훈몽)　　　　못난 나는 학생들을 잘 가르치지 못했네.

賀禮餘香刊廣布

(하례여향간광포)　　　　　　'여향록' 발간하여 널리 폄을 축하하니

宣揚敎育界新風

(선양교육계신풍)　　　　　　교육계에 새바람 선양하게 되기를.

<1997.1.12.>

(四十二) 放學中閑居吟(방학중한거음)
방학 중에 한가로이 지내다

三角成銀白

(삼각성은백)　　　　　　삼각산은 은백색이 되었고

蝸廬作冷箱

(와려작냉상)　　　　　　달팽이 껍질 같은 우리 집 냉장고 되었네.

妻勞炊且務

(처로취차무)　　　　　　아내는 밥 짓고 출근하려 애쓰는데

吾怠起衾床

(오태기금상)　　　　　　나는 이부자리 속 일어나기 귀찮다.

<1984.1.26.>

(四十三) 空日吟(공일음) 일요일을 읊다

白日南中越

(백일남중월)　　　　　　해는 머리 위 한낮을 지나갔고

玖吾飢渴同

(구오기갈동)　　　　　　　　아들 종구와 나 똑같이 배고프다.

蕙妻眠臥褥

(혜처면와욕)　　　　　　　　딸 다혜와 아내 자리에서 잠자고 있으니

疑是魅魑薯

(의시매리몽)　　　　　　　　이들 잠 도깨비에 홀린 게나 아닌지.

<1984.2. 어느 날>

(四十四) 徽慶中勤務有感(휘경중근무유감)
휘경 중학 교감 때의 느낌

陽光忌諱拜峯陰

(양광기휘배봉음)　　　　　　햇볕은 배봉산 북쪽을 기피하고

施設休眠老朽深

(시설휴면노후심)　　　　　　시설은 휴면상태라 낡기 그지없네.

上下無和吾執甚

(상하무화오집심)　　　　　　윗사람 아랫사람 화목 않고 아집들 심해

遙望北漢轉勤心

(요망북한전근심)　　　　　　멀리 북한산 바라보며 전근 갈 마음이라.

<1991.11.30.>

(四十五) 甲日所懷(갑일소회) 회갑 날 감상

消炎菊月有蒼天
(소염국월유창천)　　　　더위 가고 9월 되니 푸른 하늘 펼쳐지고
今日甲還起敬虔
(금일갑환기경건)　　　　오늘 환갑 맞으니 경건함이 이네.

回顧一生冠落伍
(회고일생관낙오)　　　　지난날을 회고하니 낙오됨이 으뜸이요
常留半級未喬遷
(상류반급미교천)　　　　늘 한 자리에 머물러 승진함이 없었네.

公私業務非知足
(공사업무비지족)　　　　직장일 집안일 만족함이 없고
長幼相交待唾乾
(장유상교대타건)　　　　남과의 사귐에는 무던히도 참고 견뎠네.

人謂評吾無覇氣
(인위평오무패기)　　　　남들은 나를 패기 없다 말하지만
唯望禮讓正名宣
(유망예양정명선)　　　　예도와 겸양으로 바른 이름 펴고 싶네.

<1993. 음력 9.4.>

(四十六) 停年退任有感(정년퇴임유감) 정년퇴임의 느낌

己卯陽春花信聲

(기묘양춘화신성)

기묘년 봄날 꽃 소식 들리는데

瓜期了勘蛻蟬情

(과기요감세선정)

정년 채워 마감하니 매미 허물 벗는 마음.

吾多不敏無功績

(오다불민무공적)

나 많이 불민해 쌓은 공 없으나

諸位高揚善德名

(제위고양선덕명)

여러분은 어진 덕으로 명성 떨치셨네.

俊傑傳承輝四海

(준걸전승휘사해)

뛰어난 인물들 나와 사해에 빛날 게고

道峰嶠坐享光榮

(도봉교좌향광영)

도봉 중학 듬직하게 앉아 영광 누리리.

分枝歎息人間路

(분지탄식인간로)

한 가지에 앉았던 새 날아가면 그만임을
탄식하는 게 인생길이니

流水浮萍任自傾

(유수부평임자경)

흐르는 물의 부평초라 기우는 대로
맡길 수밖에 없으리.

<1999.2.13.>

(四十七) 歲暮有感(세모유감) 한 해가 저묾에 대한 소감

送卯迎辰歲

(송묘영진세)　　　　　　　을묘년 보내고 병진년을 맞이하니

依然意自新

(의연의자신)　　　　　　　어제와 다름없음에도 마음은 새롭다.

思鄕慕鶴髮

(사향모학발)　　　　　　　고향의 백발 어머니 마음에 그리니

心早渡東濱

(심조도동빈)　　　　　　　마음은 벌써 고향 동해 가에 가 있구나.

<1975.12.27.>

(四十八) 二三會江陵集契有感
이삼회 회원들 강릉 모임 소감

二三故友會溟州

(이삼고우회명주)　　　　　　이삼회 옛 친구들 강릉에 모이니

宣髮童心歲月留

(선발동심세월류)　　　　　　반백에 동심 지니어 세월 멈추었네.

萬象迎春時節好

(만상영춘시절호)　　　　　　삼라만상 봄맞이라 시절이 좋고

情談喚昔夜陰浮

(정담환석야음부)　　　　　　정담은 지난날을 불러 밤 어둠에 떠 있다.

褒施侑飮交杯急

(포시유음교배급)　　　　포사 서시 미인들 도우니 잔 질 빨라지고

鏡浦興波愛慕幽

(경포흥파애모유)　　　　경포에 이는 물결 애모의 정 그윽타.

別味草堂三代屋

(별미초당삼대옥)　　　　초당의 삼 대 두부 집 음식 별미라서

踰關頻數自回頭

(유관빈삭자회두)　　　　대관령 넘어오며 고개 자주 돌려보노라.

<1997.3.29 후7일>

(四十九) 寄玖兒(기구아) 아들 종구에게

我等晩婚以仲媒

(아등만혼이중매)　　　　우리가 중매로 늦게야 결혼하여

兩兒幸得汝與妹

(양아행득여여매)　　　　다행히 너와 네 누이 둘을 얻었다.

吾無留財貰轉轉

(오무유재세전전)　　　　니는 재산 없어 셋방으로 전전하고

爾母就業忍苦來

(이모취업인고래)　　　　네 어머니 취직해 고생 참아왔다.

流矢光陰十餘載

(유시광음십여재)　　　　살같이 흐르는 세월 10여 년에

汝等無頉今日來

(여등무탈금일래)　　　　너희들 별 탈 없이 오늘에 이르고

亦有吾家稍安定

(역유오가초안정)　　　또 우리 집 웬만큼 안정되었으니

豈有所願此事外

(기유소원차사외)　　　이 일 외에 또 바라는 바 있으랴.

汝得每年優等賞

(여득매년우등상)　　　너는 매년 우등상 받고

每期被任班之宰

(매기피임반지재)　　　학기마다 반장에 뽑히니

吾無所望汝之學

(오무소망여지학)　　　너의 공부에 대해 바라는 것 없지만

多有必改爾之行

(다유필개이지행)　　　너의 행동에는 고쳐야 할 점 많다.

其中執着工作品

(기중집착공작품)　　　그 중에 과학 공작품에 집착하는 것과

手輕不忍打汝妹

(수경불인타여매)　　　손 가벼워 참지 못하고 네 누이 때림이니

今後反省此等事

(금후반성차등사)　　　이후로 이런 점을 반성하여

孝仁忠義禮廉節

(효인충의예염절)　　　耕隱 할아버지께서 말씀하신 효인 충의
　　　　　　　　　　　와 예도 염치 및 절조를 중히 여겨라.

<1980. 설날 양력 2.16.>

(五十) 玖也盲腸炎手術(구야맹장염수술)
　　종구의 맹장염 수술

玖也腹疼不止暹

(구야복동부지섬)　　　　　종구 배 아프기 해 높이 뜨도록 안 그쳐

華陀診斷盲腸炎

(화타진단맹장염)　　　　　의사 선생 맹장염이라 진단한다.

旣知此病稱微疾

(기지차병칭미질)　　　　　맹장염은 가벼운 병이라 알고 있지만

送室閉門一淚霑

(송실폐문일루점)　　　　　수술실 문 닫히니 눈물 한 방울.

<1986.1.14.>

(五十一) 玖也迎成年賜字有感
　　종구 성년 나이 되어 자를 지어주며

玖兒今日到成年

(구아금일도성년)　　　　　종구 오늘 성년을 맞이하니

昔日吾家凡事旋

(석일오가범사선)　　　　　지난날 우리 집 모든 일 돌이켜진다.

月谷初居移八處

(월곡초거이팔처)　　　　　월곡동을 시작으로 여덟 곳 이사했으니

喜悲交錯幾何件

(희비교착기하건)　　　　　희비 섞갈리기 그 몇 번이던가.

丈夫二十應持字

(장부이십응지자)　　　　　대장부 스무 살이면 자를 가져도 되니

我賜冠名康宰焉

(아사관명강재언)　　　　　아비가 너의 자를 康宰라 지어 주노라.

康宰安和官治也

(강재안화관치야)　　　　　강재란 평안 화평 벼슬 다스림 등이니

銘心努力世相傳

(명심노력세상전)　　　　　마음 깊이 새겨 노력해 영원히 전케 하라.

<1988.7.26. 종구 생일에>

(五十二) 寄鍾玖渡美留學(기종구도미유학)
종구 도미 유학에 부쳐

玖也今般渡美洲

(구야금반도미주)　　　　　종구 이번에 미국 유학 가니

臨行萬感錯誇憂

(임행만감착과우)　　　　　떠남에 즈음해 자랑과 걱정 섞갈린다.

言文熟達爲先決

(언문숙달위선결)　　　　　언어에 숙달함이 먼저 해결되어야 하고

碩學相逢學自修

(석학상봉학자수)　　　　　훌륭한 학자 만나 학문을 닦아가야 하리.

保重心身可努力

(보중심신가노력)　　　　　심신 고이 지니며 더 노력해야 할 게고

親交善友好淸遊

(친교선우호청유)　　좋은 친구 사귀어 깨끗한 우정 가져야지.

故鄕家族常祈願

(고향가족상기원)　　고향의 가족 늘 빌고 바라는 바는

得志桑蓬進若鵬

(득지상봉진약류)　　굳은 의지로 천리마처럼 달리는 것이라.

<1994.8.9, 玖也 8.11. 오전 8시 반 미국행 비행기에 올랐다>

(五十三) 寄多蕙高校卒業(기다혜고교졸업)
딸 다혜의 고교 졸업 축하

今日多兒卒女高

(금일다아졸여고)　　오늘 다혜가 고등학교를 졸업하니

吾懷賀意汝之勞

(오회하의여지로)　　아비는 네 노고 치하 생각 가졌노라.

其間心裏含遺憾

(기간심리함유감)　　그 간 마음에 섭섭한 바는

大入遲延少賞褒

(대입지연소상포)　　대입 늦어지고 상 적게 받음이라.

大器晚成聃老語

(대기만성담로어)　　대기만성이라 노자가 말했고

學難成就衆人誧

(학난성취중인포)　　학문성취 어렵다 누구나 하는 말이라.

汝銘兩句知行合

(여명양구지행합)　　　이 두 구절 명심해 知行合一하여

己巳新春嬉有遨

(기사신춘희유오)　　　내년 봄에는 즐겁고 기쁘도록 하자.

<1988.2.12.>

(五十四) 歲初有感(세초유감) 새해 아침 감상

無念光陰重疊來

(무념광음중첩래)　　　생각 없는 세월 거듭거듭 다가오고

未迎知命病多攛

(미영지명병다대)　　　나이 쉰 살 되지 않아 병 많이 생기네.

希望協洽正初後

(희망협흡정초후)　　　오늘 기미년 정초에 바라는 바는

萬事亨通家吉陪

(만사형통가길배)　　　만사형통하고 좋은 일 거듭되기를.

<1979. 음 1.1. 설날에>

(五十五) 歲末有感(세말유감) 세밑의 감상

庚申冬節最長寒

(경신동절최장한)　　　경신년 겨울 가장 오래 추위

十度零低卅日盤

(십도영저삽일반)　　　　　　영하 10도가 달장간 서렸었다.

銀白山河加興趣

(은백산하가흥취)　　　　　　은백색으로 바뀐 산과 강 흥취 더하나

庭中積雪減除難

(정중적설감제난)　　　　　　마당에 쌓이는 눈 치울 길 없다.

昨今夕日遲延沒

(작금석일지연몰)　　　　　　요즈음의 저녁 해 지는 게 늦어지니

此後漸漸氣去寒

(차후점점기거한)　　　　　　이후로는 차츰 추운 기온 가시리.

誰曰舊正非歲始

(수왈구정비세시)　　　　　　누가 구정을 새해 초가 아니라 했던고

年年節序入新歡

(연년절서입신환)　　　　　　해마다 절서 따라 새 기쁨이 드는 것을.

<1981.2.1.>

(五十六) 新正感懷(신정감회) 양력 설날 감회

人人胸裏拾嵯峨

(인인흉리습차아)　　　　　　사람마다 가슴속에 큰 덩어리 희망 품고

點點燈籠被頌歌

(점점등롱피송가)　　　　　　점점이 켜진 초롱 등 칭송 노래에 싸였네.

森羅衆生望換骨

(삼라중생망환골)　　　　　　삼라만상 모두 새 모습 가지려 하는데

吾更蟬蛻幾時何

(오경선세기시하)　　　　　　나 언제 매미 허물 벗듯 달라지려는가.

<1988.1.1.>

(五十七) 仲秋憶鄕關(중추억향관) 추석에 고향을 그리며

仲秋佳節且今來

(중추가절차금래)　　　　　　추석 좋은 명절 올해 또 다가오니

不孝慙天又一陪

(불효참천우일배)　　　　　　하늘 부끄러운 불효 또 한 번 더하네.

每歲當頭歸省意

(매세당두귀성의)　　　　　　해마다 추석이면 고향 갈 뜻 냈지만

應時生事決心退

(응시생사결심퇴)　　　　　　그 때마다 일이 생겨 결심 접고 말았네.

先塋拜伏年年缺

(선영배복연년결)　　　　　　선영에 참배하기 해마다 결하고

他處長居耿耿哀

(타처장거경경애)　　　　　　오랜 타향살이 근심 속에 슬퍼하네.

月下庭中潛自歎

(월하정중잠자탄)　　　　　　달 아래 뜰에서 탄식에 잠기니

望鄕濕眼竦然培

(망향습안송연배)　　　　　　고향 생각 젖은 눈 더욱 송구할 뿐이라.

<1982.9.30.>

(五十八) 元宵節追憶(원소절추억) 정월 대보름 추억

元夕遨遊洞內煊

(원석오유동내선)　　　　　　대보름 즐기느라 온 동네가 시끌시끌

如盤鏡月掛垣邊

(여반경월괘원변)　　　　　　쟁반 같은 밝은 달 담장 가에 걸렸구나.

幼童忽見呼號母

(유동홀견호호모)　　　　　　어린아이 그 달 홀깃 보고 엄마 부르니

爾母回歸半百年

(이모회귀반백년)　　　　　　그 어머니 그 달 보며 50년 전으로 되돌아가네.

<1986. 음 1.15. 대보름날에>

(五十九) 戊辰頌(무진송) 무진년을 칭송하다

四三二一戊辰年

(사삼이일무진년)　　　　　　단기 사천삼백이십일 년 무진년

肇國以來祥瑞連

(조국이래상서련)　　　　　　건국 이래로 상서로운 일 이어졌네.

第六共和盤石上

(제륙공화반석상)　　　　　　제6공화국은 반석 위에 놓이고

五輪旗幟漢江邊

(오륜기치한강변)　　　　　　올림픽 깃발이 한강 가에 나부꼈네.

諸般庶政爲民計

(제반서정위민계)　　　　여러 행정은 국민 위해 계획되고

世界同參友誼先

(세계동참우의선)　　　　온 세계가 동참하여 우의를 앞세웠구나.

內外輿論高評價

(내외여론고평가)　　　　나라 안팎 여론이 우리를 높이 평가하니

平和統一必成焉

(평화통일필성언)　　　　평화통일 반드시 이루어지리라.

<1988.12.14.>

(六十) 燈火稍可親(등화초가친) 등불과 좀더 가까이할 때

吾類與物有相親

(오류여물유상친)　　　　우리들이 사물과 서로 친밀히 하여

接外見聞日益新

(접외견문일익신)　　　　외물과의 견문으로 날로 새로워지네.

玩賞山川宜夏節

(완상산천의하절)　　　　산천경개 감상은 여름철이 마땅하겠고

專心讀作好秋辰

(전심독작호추신)　　　　글 읽고 짓기에는 가을철이 좋으리.

衆民變轉豪遊客

(중민변전호유객)　　　　뭇 사람들 호유하는 사람으로 바뀌고

老少漫然半豹人

(노소만연반표인)   노소 없이 독서 않는 풍조 널리 퍼졌네.

此事分明韓國病

(차사분명한국병)   이런 일은 한국병의 하나가 분명하니

讀書運動國威伸

(독서운동국위신)   독서 운동 펼쳐 국위를 떨쳤으면.

<1993.10.10.>

(六十一) 醜老(추로) 추하게 늙어감

未醒年艾意常春

(미성연애의상춘)   쉰 살임을 못 깨닫고 마음은 청춘이라

對酒看花唾潤脣

(대주간화타윤순)   술을 대하고 꽃 보면 입에 침이 돌아

醉後不扶之字步

(취후불부지자보)   술 취하면 몸 못 가누어 갈지자로 걸으니

行人指我戒童隣

(행인지아계동린)   행인이 손가락질하며 어린아이 훈계해.

<1983.4.25.>

(六十二) 秋夜讀書(추야독서) 가을밤의 독서

去暑星移大氣明

(거서성이대기명)　　　　더위 가고 별자리 옮아 대기 청명하고

燈親對卷共通情

(등친대권공통정)　　　　등불 친해 책 폄이 누구나 가진 생각이리.

西收晝短民忙事

(서수주단민망사)　　　　추수에 낮이 짧아 농민들 일에 바쁘고

乙覽宵深士振名

(을람소심사진명)　　　　을야 독서로 밤 깊어 선비 명성 떨치네.

果穀豊饒天惠得

(과곡풍요천혜득)　　　　오곡백과 풍요로워 하늘 혜택 입었고

詩文沒入蔗甘成

(시문몰입자감성)　　　　시문에 몰입하니 점입가경 이루었네.

多藏知慧低頭穗

(다장지혜저두수)　　　　지혜 잔뜩 간직해 고개 숙인 이삭 되고

月夕佳時萬籟輕

(월석가시만뢰경)　　　　달 밝은 저녁 좋은 때 온 세상 소리 경쾌하네.

<1997.9.29.>

(六十三) 俗交(속교) 속된 사귐

滿堂座列孰驅人

(만당좌열숙구인)　　　　방 가득한 사람들 중 누가 모두를 이끄나.

能辯喧囂聚縉紳

(능변훤효취진신)　　능변으로 떠드는 사람 그들 시선 모으네.

徒有空巢皆未判

(도유공소개미판)　　그 사람 속 빈 걸 모두 알아차리지 못해

知多語寡作回賓

(지다어과작회빈)　　아는 것이 많으나 말수 적은 사람은
　　　　　　　　　　나그네 취급당하네.

<1985. 음력 3.20.>

(六十四) 見某宅喪家案內帖有感
어느 집 상가 안내 표지를 본 느낌

日常看過帖

(일상간과첩)　　　　늘 지나쳐보던 안내 첩지인데

今日曷留心

(금일갈류심)　　　　오늘따라 어찌 마음 쓰이는가.

落照甘紅裏

(낙조감홍리)　　　　석양에 술 즐긴 얼굴 불그레하여

餘生浮夜陰

(여생부야음)　　　　여생이 밤 그늘에 떠 있기 때문이리.

<1989.1.26.>

(六十五) 夫子廟參拜(부자묘참배) 공자님 묘당을 참배하며

萬仞宮牆又好辰
(만인궁장우호신)　　　　　　　부자묘 만길 담장 날씨까지 좋아

衝天側柏列森新
(충천측백열삼신)　　　　　　　하늘 찌르는 측백나무 빽빽해 새롭구나.

洙橋石板懸淸淨
(수교석판현청정)　　　　　　　洙水橋 돌 현판 청정하게 걸려 있고

杏壇金聲拂濁塵
(행단금성불탁진)　　　　　　　행단의 낭랑한 독서 소리 속진 떨쳤겠네.

聖像偉容猶德帝
(성상위용유덕제)　　　　　　　공자 화상은 덕 있는 제왕 같은 위용이요

謹顔肅拜比慈隣
(근안숙배비자린)　　　　　　　근엄한 표정으로 이웃처럼 공경히 절하네.

東方正道皆尊仰
(동방정도개존앙)　　　　　　　동방의 바른 길 누구나 높이 우러르니

永世流芳享有倫
(영세유방향유륜)　　　　　　　영원히 꽃다운 그 명성 인륜을 누리시리.

<1999.6.25.>

(六十六) 聲討大聖侮辱(성토대성모욕)

공부자를 모욕함을 성토하다

宣尼冒瀆起吾東

(선니모독기오동)　　　　　공자를 모독함이 우리나라에서 일어

糾彈胡虜萬衆同

(규탄호로만중동)　　　　　이 못된 사람 규탄함은 만인이 똑같네.

物業盲從生異變

(물업맹종생이변)　　　　　재물에 맹종하면 이런 이단이 생기니

倫常振作滿儒風

(윤상진작만유풍)　　　　　윤상을 진작하여 유교 풍습 가득토록.

外來道德培虛氣

(외래도덕배허기)　　　　　외래 도덕으로 헛된 기풍 많아졌으니

孔孟斯文益實功

(공맹사문익실공)　　　　　공맹의 유교 문화 실제 공적 더해야 하리.

天網恢恢何未覺

(천망회회하미각)　　　　　하늘 그물 회회함을 어찌 깨닫지 못해

螳螂拒轍自沈中

(당랑거철자침중)　　　　　당랑거철로 스스로 가라앉아 버리다니.

<1999.8.5.>

(六十七) 儒風振作(유풍진작) 유교 기풍의 진작

言文俗習異西東
(언문속습이서동)　　　　　　말과 글, 풍속 습관 들 동서가 다르지만
傳統承前今昔通
(전통승전금석통)　　　　　　전통 이어가기는 고금이 통하리.

斯學集成論孟始
(사학집성논맹시)　　　　　　유학의 집성은 논어 맹자에서 비롯되고
儒風定着栗陶功
(유풍정착율도공)　　　　　　우리 유풍 정착은 율곡 퇴계의 공이리라.

貪錢悖惡由金穫
(탐전패악유금확)　　　　　　돈 탐냄, 패악은 일확천금 생각에서 오고
恒産溫存我道中
(항산온존아도중)　　　　　　살아갈 떳떳한 재물 우리 도덕에 담겼네.

科技振興加正義
(가기진흥가정의)　　　　　　과학기술 진흥에 정의로움을 더하면
國家發展必無窮
(국가발전필무궁)　　　　　　나라 발전은 반드시 무궁하리라.

<1992.10.19.>

(六十八) 道義精神昻揚(도의정신앙양) 도의 정신의 앙양

形而下盛上斜陽

(형이하성상사양)   형이하학 성하고 형이상학 쇠퇴해

道義衰微德未長

(도의쇠미덕미장)   도의는 쇠미하고 덕은 자라지 못했네.

氾濫邪書多蕕臭

(범람사서다유취)   사서 범람하여 나쁜 냄새 많이 풍기고

封緘孝典少蘭香

(봉함효전소난향)   효도 책 덮여 있어 난초 향기 적구나.

何時浸染違倫域

(하시침염위륜역)   언제 인륜에 어긋난 지경으로 물들었는가

自古鮮明禮節鄕

(자고선명예절향)   자고로 예절의 나라로 밝고 뚜렷했는데

確立眞風皆所化

(확립진풍개소화)   참된 기풍 곧게 세워 모두가 교화되면

前途不問久洋洋

(전도불문구양양)   우리 앞날 묻지 않아도 오래도록 양양하리.

<1996.10.21.>

(六十九) 以民爲天(이민위천) 백성을 근본으로 삼다

君皇屢勅以民天

(군황누칙이민천)　　　　임금들 자주 이민위천 하라 칙서 내리나

苛斂誅求世世連

(가렴주구세세련)　　　　가렴주구는 대대로 이어졌것다.

草野黔黎非愚昧

(초야검려비우매)　　　　초야의 백성들 우매하지 않건만

官邊巧吏假狐賢

(관변교리가호현)　　　　간교한 벼슬아치들 호가호위로 어짊을 가장했네.

輿論聚合公明裏

(여론취합공명리)　　　　이제 여론 취합을 공명하게 하고

庶政根本信賴緣

(서정근본신뢰연)　　　　서정의 근본은 신뢰에 바탕 해야 하리.

討議風潮常例化

(토의풍조상례화)　　　　토의 토론 풍조를 상례가 되게 하면

殷鑑不遠典章傳

(은감불원전장전)　　　　은감불원이 나라 법이 되어 전해지리.

<1998.9.19.>

(七十) **精神覺醒促求**(정신각성촉구) 정신 각성을 촉구하다

萬物優靈道義先

(만물우령도의선)　　　　　만물의 영장인 인간 도의가 앞서는데

人人本性定由天

(인인본성정유천)　　　　　사람마다의 본성은 하늘이 정한 바라.

鴻儒坐臥如喬嶽

(홍유좌와여교악)　　　　　높은 선비 거동은 큰 산 같고

大衆生涯是逝川

(대중생애시서천)　　　　　대중의 생애는 곧 흘러가는 냇물이라.

悖惡違倫蟠踞愚

(패악위륜반거우)　　　　　패악 위륜은 어리석음에 서리고

仁慈孝悌晩成賢

(인자효제만성현)　　　　　인자 효제 실천은 어짊을 이루게 되네.

於乎各界官僚任

(오호각계관료임)　　　　　아아 각 분야의 관료님들이여

德治安民庶政全

(덕치안민서정전)　　　　　덕치로 국민 편케 하고 서정 온전히 하라.

<1998.10.6. 秋夕翌日>

(七十一) 願道德恢復(원도덕회복)

도덕이 회복되기를 바라며

人間善性賦皇天

(인간선성부황천)　　사람의 착한 성품 하늘이 내린 바이지만

惡事相通悖積年

(악사상통패적년)　　나쁜 것과 상통하여 패악이 쌓여가네.

正道維持怡見石

(정도유지이견석)　　정도를 유지하면 남이 장군이 황금을
　　　　　　　　　　돌 보듯 하게 되고

邪心溺惑嶠崇錢

(사심익혹교숭전)　　사심에 빠져들면 和嶠가 돈을 숭상하듯 하게 돼.

檀箕禮度衰殘滅

(단기예도쇠잔멸)　　우리 옛 도덕 쇠잔해 없어져가고

異樣蠻風極盛連

(이양만풍극성련)　　외국 나쁜 풍조 극성스러이 이어지네.

德義回生唯一策

(덕의회생유일책)　　덕성과 신의 회생의 유일한 방책은

家庭社會五倫傳

(가정사회오륜전)　　가정과 사회에 오륜이 이어지게 함이리라.

<1998.10.4. 중추절 전일>

(七十二) 讀擊蒙要訣(독격몽요결) 격몽요결을 읽고

排蒙要諦眛茫明

(배몽요체매망명)　　　격몽의 요점은 망매를 없이하는 것이라

學道持倫得善名

(학도지륜득선명)　　　도리 배우고 오륜 지켜 선명 얻게 되네.

事敬居恭行路秀

(사경거공행로수)　　　일에 공경, 행동에 공손, 삶의 길 빼어나

讀書窮理接人英

(독서궁리접인영)　　　책 읽고 이치 궁구해 남과 만남 뛰어나네.

孝親竭力昆弟務

(효친갈력곤제무)　　　어버이 섬기기 힘 다함은 자식들 책무요

喪祭衷心後裔情

(상제충심후예정)　　　상제에 정성 쏟음은 후손들의 정일세.

栗谷先賢千古範

(율곡선현천고범)　　　천고의 본이 뇌신 율곡 신헌님

貽謀萬代禮鄉成

(이모만대예향성)　　　끼치신 계책 영원토록 예향을 이루네.

<2000.10.10.>

(七十三) 道義精神(도의정신) 도의 정신

由我之歎性正眞
(유아지탄성정진) 모두 내 탓이라 함이 성품 참된 것이며
躬行信望禮義人
(궁행신망예의인) 신망을 몸소 행함이 예의 있는 사람이라.

近緣隔阻離遐地
(근연격조이하지) 가까운 친척도 왕래 없으면 멀어지고
知己天涯邃比隣
(지기천애수비린) 지기 사이는 하늘가에 있어도 이웃이라.

退栗宗師輝萬代
(퇴율종사휘만대) 퇴계 율곡 큰 스승들은 만대에 빛나고
孔朱聖哲敷常春
(공주성철효상춘) 공자 주자 성철 온화하게 깨우쳐 주시네.

官僚百姓承貽訓
(관료백성승이훈) 관료와 국민들 이분들 교훈 이어받으면
礪帶山河國運伸
(여대산하국운신) 산이 숫돌 되고 강이 띠가 되도록 국운이 신장되리.

<1998.10.13.>

(七十四) 願國泰民安(원국태민안)
나라 태평 국민 안락을 바라며

槿花滿發美尤淸

(근화만발미우청)　　　　　　　무궁화 만발하여 곱고도 청초해

萬象煬和布厚情

(만상양화포후정)　　　　　　　삼라만상 온화해 도타운 정 펼치네.

武斷官僚華外飾

(무단관료화외식)　　　　　　　군사 관료들 겉만 번지르르 했으나

人文庶政斥虛名

(인문서정척허명)　　　　　　　인문 행정은 헛된 명성 배척하네.

指標設定民安策

(지표설정민안책)　　　　　　　국민 편케 하는 정책을 지표 삼고

驀進完存世泰平

(맥진완존세태평)　　　　　　　세상 태평토록 발전 거듭 온전히 하리.

以北包容開統一

(이북포용개통일)　　　　　　　이북을 감싸 안아 통일을 열어 가면

檀君肇國誕新生

(단군조국탄신생)　　　　　　　단군께서 세운 나라 새롭게 태어나리.

<1994.6.8.>

(七十五) 祝光復五十年(축광복오십년)
광복된 지 50년을 축하하며

半百年前瑞我東
(반백년전서아동)　　　　　오십 년 전 우리나라에 상서로움 있어

歡呼解放萬民同
(환호해방만민동)　　　　　해방을 환호하기 만백성이 똑같았네.

理念分裂山河塞
(이념분열산하색)　　　　　민주 공산 이념 나뉘어 산하조차 막히고

血肉相離夢寐通
(혈육상리몽매통)　　　　　혈육까지 이별해 꿈속에서나 통했네.

內外難關爲試鍊
(내외난관위시련)　　　　　나라 안팎 어려움 시련이 되어서

隣邦羨望起興風
(인방선망기흥풍)　　　　　이웃 나라 부러움 속에 흥할 기풍 일었네.

於乎倍達檀君國
(오호배달단군국)　　　　　아아 배달민족 단군의 나라

日月星辰護莫窮
(일월성신호막궁)　　　　　해와 달과 별들이 끝없이 지켜 주리라.

<1995.9.25.>

(七十六) 祝地方自治時代開幕

지방자치시대가 열렸음을 축하하여

東邦乙亥夏長春
(동방을해하장춘)   을해년 우리나라 여름도 긴 봄 되어

自治全般政界新
(자치전반정계신)   지방 자치 모두 실시되어 정치계 새롭네.

點額登龍多數決
(점액등룡다수결)   당선과 낙선은 다수결로 결정되고

行藏用舍大同隣
(행장용사대동린)   현달과 은퇴 구분 없이 모두 이웃되네.

輿論聚斂分憂佐
(여론취렴분우좌)   여론 모아 지방의 官長 도와야 하고

信念堅持百揆眞
(신념견지백규진)   신념 굳게 지녀 온갖 서정 참되어야 하리.

利己貪心除去裏
(이기탐심제거리)   이기심과 탐욕 모두 버리는 속에

堯慈舜義國威伸
(요자순의국위신)   요순임금의 자애와 의리로 국위 펴지리.

<1995.8.28.>

(七十七) 祝天安市郡統合, 地方自治制實施

(축천안시군통합, 지방자치제실시)

천안시와 천원군의 통합과 지방자치제 실시 축하

風流第一是天安

(풍류제일시천안)　　　　　풍류로 첫째가는 곳이 곧 천안인데

柳路綾垂貴態寬

(유로능수귀태관)　　　　　버들 길 능수버들 귀한 모양 너그럽네.

陸海珍貴多集散

(육해진귀다집산)　　　　　뭍과 물 진귀한 산물 크게 집산 하고

豪雄志士續笄冠

(호웅지사속계관)　　　　　호걸 영웅 지사 들 남녀 간에 이어졌네.

都農再合宜脣齒

(도농재합의순치)　　　　　도시 농촌 다시 합치니 순치로 서로 돕고

彼我親和解苦難

(피아친화해고난)　　　　　도농 서로 친화하여 어려운 일 풀어가네.

八達康衢成要衝

(팔달강구성요충)　　　　　사통오달 편리한 도로 교통 요충지이니

龍珠地勢萬民歡

(용주지세만민환)　　　　　용주산 좋은 지세 모두 다 기뻐하네.

<1995.9.25.>

(七十八) 祝文民政府出帆(축문민정부출범)

문민정부 출범을 축하하며

青帝禎祥啓我東
(청제정상계아동)　　　　봄의 상서로움이 우리나라를 여니

文民屹立衆心同
(문민흘립중심동)　　　　문민정부 우뚝 서 온 국민의 마음 한가지라.

求田問舍亡常典
(구전문사망상전)　　　　토지와 주택 투기 욕심이 법을 망치게 했는데

利國便安刷氣風
(이국편안쇄기풍)　　나라에 이롭고 국민 편안한 새 기풍으로 쇄신했네.

改革論思公共裏
(개혁논사공공리)　　　　개혁과 치국 의론 공공리에 논의하고

無爲而化隱然中
(무위이화은연중)　　　　감화로 다스려 감은 은연중에 이루어지네.

山河礪帶檀君族
(산하여대단군족)　　　　산하여대 되도록 이어가야 할 우리 단군 민족

一貫綱維進莫窮
(일관강유진막궁)　　　　한결같은 나라 법도로 영원히 전진하리라.

<1993.6.11.>

(七十九) 與弟子洪貴禮孃(여제자홍귀례양)
제자 홍귀례 양에게 주다

人謂天地洪

(인위천지홍)   사람들 하늘과 땅이 넓다고 하지만

不勝人心貴

(불승인심귀)   사람의 마음 귀함에는 미치지 못하네.

吾道何處有

(오도하처유)   내가 행해야 할 도리 어디에 있는가

潛心仁義禮

(잠심인의례)   인의와 예도에 마음 다함이리라.

<1985.11.22.>

(八十) 願大選公明(원대선공명)
대통령 선거가 공명하기 바라며

自主投票社會淸

(자주투표사회청)   자주적 투표는 사회를 맑게 하고

私心拂拭共同情

(사심불식공동정)   사심 떨어버림이 모두의 생각이라.

地緣汚染非違族

(지연오염비위족)   지연이 비위의 무리로 그릇 물들이고

人脈漸頹正道城

(인맥점퇴정도성)   인맥이 정도의 굳은 성 차츰 무너뜨리네.

所信堅持開大運

(소신견지개대운)　　　　　소신 굳게 지켜 대운을 열게 하고

公言實踐得譽聲

(공언실천득예성)　　　　　공약한바 실천하면 명예와 성망 얻으리.

今番覇者擔天命

(금번패자담천명)　　　　　이번의 당선자는 천명을 지니고 있으니

祖國興隆統一榮

(조국흥륭통일영)　　　　　조국의 흥륭과 통일의 영광이 그것일세.

<1997.9.4.>

제4부

偈 · 頌 · 讚 · 禪詩選(게 · 송 · 찬 · 선시선)

(1) 雪山童子偈(설산동자게)

_雪山大士(설산대사, 釋迦牟尼) － 설산 고행 설화임.

諸行無常
(제행무상)   우주만물은 늘 변해 한 모양으로 있지 않으니

是生滅法
(시생멸법)   이것이 생겨나고 없어지는 법도니라.

生滅滅已
(생멸멸이)   나고 죽음이란 것이 다 없어지는

寂滅爲樂
(적멸위락)   열반의 경지가 최상의 기쁨이니라.

<大般涅槃經>, <傳燈錄>

(參考) 色は にほへど 散りぬるを 我が世 誰ぞ 常ならむ, 有爲の 奧山 今日 越えて 淺き 夢見じ 醉ひもせず

<イロハ歌>

(2) 歡喜偈頌(환희 게송)

_釋迦牟尼가 前世에 佛沙如來를 뵙고 지음.

天上天下無如佛

(천상천하무여불)　　　　　천상천하에 부처님 같은 분 없나니

十方世界亦無比

(시방세계역무비)　　　　　온 누리에 누가 이분과 견주리.

世間所有我盡見

(세간소유아진견)　　　　　세간에 있는 것 모두를 보았지만

一切無有如佛者

(일체무유여불자)　　　　　부처님 같은 분 조금도 없어라.

(3) 達磨大師 偈頌(달마대사 게송)

_天竺 高僧, 北魏 때 禪宗 開祖.

吾本來茲土

(오본내자토)　　　　　내가 본디 이 땅 중국에 온 것은

傳法救迷情

(전법구미정)　　　　　불법을 전하여 중생을 구제하려 함이더니

一花開五葉

(일화개오엽)　　　　　한 송이 꽃에 다섯 잎사귀 피고—禪宗五家—

結果自然成

(결과자연성)　　　　　열매는 자연히 이루어지리라.

(4) 神秀上座 — 神秀大師 偈頌(신수상좌 게송)

_唐의 高僧, 北宗禪의 開祖.

身是菩提樹

(신시보리수)　　　　　　　　　몸은 보리수―깨달음의 나무―요

心如明鏡臺

(심여명경대)　　　　　　　　　마음은 선악을 비추는 거울일세.

時時勤拂拭

(시시근불식)　　　　　　　　　늘 부지런히 털고 닦아,

勿使惹塵埃

(물사야진애)　　　　　　　　　먼지 끼어 더럽지 않게 해야 하리.

(5) 慧能童子 — 慧能大師 偈頌(혜능동자 게송)

_唐의 승려, 禪宗 第6祖.

菩提本無樹

(보리본무수)　　　　　　　　　깨달음은 본디 나무―몸―가 아닌 것이요,

明鏡亦非臺

(명경역비대)　　　　　　맑은 거울 또한 받침대가 없네―눈에 보이지 않네.

本來無一物

(본래무일물)　　　　　　본래 눈에 보이는 어떤 물건도 아닌 것인데,

何處惹塵埃

(하처야진애)　　　　　　먼지와 티끌이 끼일 데가 어디 있겠는가.

(6) 弘忍祖師 偈頌(홍인조사 게송)

　_唐의 禪宗 第5祖. 이 게송은 慧能童子의 게송을 읽고 衣鉢을 전하며 읊었다고 함.

有情來下種
(유정내하종)　　　　　　　　　뜻이 있는 데서 씨가 내리고
因地果還生
(인지과환생)　　　　　　　　　원인 되는 곳에 결과가 도로 나네.
無情旣無種
(무정기무종)　　　　　　　　　뜻이 없으면 씨도 없나니
無性亦無生
(무성역무생)　　　　　　　　　성품 없이는 생겨남도 없으리라.

(7) 無名氏老人 偈(무명씨노인 게)

　_조선 세종조의 成三問이 젊을 때 부친의 명을 받아, 누이의 혼수 비용을 마련하려고, 옛 노비가 잘 산다는 黃海道 지경에 이르러 만난 道士 같은 노인이 들려주었다는 노래임.

<延安李氏宗報 2009년 60호>

東來北往走西來 看得浮生摠是空(동래북왕주서래 간득부생총시공)
天也空地也空 人生沓沓在其中(천야공지야공 인생답답재기중)
日也空月也空 來來往往有伺空(일야공월야공 내내왕왕유사공)
田也空土也空 換了多少主人翁(전야공토야공 환료다소주인옹)
金也空銀也空 死後何會在手中(금야공은야공 사후하회재수중)
妻也空子也空 黃泉路上不相逢(처야공자야공 황천노상불상봉)

大藏經中空是色 般若經中色是空(대장경중공시색 반야경중색시공)
朝走西暮走東 人生恰是探花蜂(조주서모주동 인생흡시채화봉)
到頭辛苦一場空 深夜聽得三更鼓(도두신고일장공 심야청득삼경고)
飜身不覺五更鍾 從頭仔細思量看(번신불각오경종 종두자세사량간)
便是南柯一夢(편시남가일몽).

동서남북 이리저리 닫고 달려도, 덧없는 인생 모두가 공일세.

하늘도 공이요 땅도 공이니, 인생이 그 틈바구니에서 괴롭기만 하구나.

해도 공, 달도 공이니 오고가고 오고감을 자꾸 살펴도 역시 공일세.

논이고 밭이고 모두 공인데도, 많거나 적거나 간에 임자는 바뀌는구나.

금도 공이요 은도 공이라, 나 죽은 뒤 어찌 손안에 들겠는가.

아내도 공이요 자식도 공이니, 황천길에서 어찌 만날 수가 있으리.

대장경에서는 공이 색이라 하고, 반야경에서는 색이 공이라 하네.

아침에는 서로 가고 저녁에는 동으로 가나니,

인생이란 꽃 찾는 벌과 같네.

애쓰고 애써 보아야 결국 한바탕 공이니, 깊은 밤 삼경 북소리 듣고,

몸 뒤쳐야 새벽 종소리 알지 못하나니, 아무리 앞뒤 따져 생각해 봐도,

이 곧 남가일몽 헛된 꿈이 아닌가.

(8) 世尊涅槃 偈頌(세존열반 게송)

一切諸衆生
(일체제중생)   모든 중생은

皆隨有生死
(개수유생사)   유에 따라 생사하나

我今亦生死
(아금역생사)

而不隨於有
(이불수어유)

一切造作行
(일체조작행)

我今欲棄捨
(아금욕기사)

내 지금의 생사는

유에 따름이 아니니

일체의 조작행을

이제 버리려 하네.

<大般涅槃經>

(9) 寂志果經 偈頌(적지과경 게송)

有作火祠者 一切自祠上
(유작화사자 일체자사상)

불로 제사지내는 사람들, 제사가
모든 것의 으뜸이라 하네.

王者人中尊 海爲衆流本
(왕자인중존 해위중류본)

왕은 사람들 중 존귀하고, 바다는
여러 물줄기의 근본이며

星宿中月明 日者晝垂光
(성수중월명 일자주수광)

별들 중 달이 가장 밝고, 해는 낮에
그 빛을 보내주지마는

上天及世間 佛道爲最尊
(상천급세간 불도위최존)

하늘 위나 세상에서, 가장 존귀한 것은
불도일 뿐일세.

(10) 寒山 禪詩(한산 선시) _중국 唐 僧侶詩人.

一住寒山萬事休
(일주한산만사휴)   한산에 들어가 사니 온갖 일 그치고
更無雜念挂心頭
(갱무잡념괘심두)   잡념이 다시는 마음에 일지 않는구나.

閑於石壁題詩句
(한어석벽제시구)   한가하면 바위벽에 시구 지어 쓰니
任運還同不繫舟
(임운환동불계주)   마음 내키는 대로가 매어두지 않은 배라.

(11) 居士 偈頌(거사 게송)

無病第一利
(무병제일리)   무병이 가장 큰 이익이요
知足第一富
(지족제일부)   만족할 줄 앎이 제일 가는 재산이라.
善友第一親
(선우제일친)   좋은 친구는 가장 가까운 사람이요
涅槃第一樂
(열반제일락)   열반에 드는 그게 제일 가는 행복일세.

<大莊嚴論>

(12) 法句經 禪詩(법구경 선시)

戒爲甘露道
(계위감로도)   계율은 번뇌를 잊고 오래 사는 영험한 도리요
放逸爲死徑
(방일위사경)   교만스러움은 죽음의 길일세.
不貪則不死
(불탐즉불사)   탐욕하지 않으면 죽지 않고
失道爲自喪
(실도위자상)   도를 잃으면 스스로를 죽이는 것이라.

<法句經 放逸品>

(13) 寒山 禪詩句(한산 선시구)

寒山頂上月輪孤
(한산정상월륜고)   한산 정상에 외로운 둥근 달
掛在靑天是我心
(괘재청천시아심)   푸른 하늘에 걸린 것이 곧 내 마음일세.

(14) 寒山 禪詩句(한산 선시구)

瞋是心中火
(진시심중화)   성내는 것이란 곧 마음속의 불이니

能燒功德林

(능소공덕림)　　　　　공덕—착한 일을 많이 한 힘—의 숲을 불살라라.

(15) 般若心經 呪(반야심경 주)

揭諦 揭諦 波羅揭諦 (아제 아제 바라아제, Gate gate Paragate)

　　① 감[往]이여, 감이여, 피안(彼岸)에 감이여,

　　② 간다, 간다. 저쪽 피안으로 간다.

　　③ 건너갔다, 건너갔다, 피안에 왔다.

波羅僧揭締 (바라승아제, Pärasamgate)

　　① 피안에 온전히 감이여,

　　② 결단코 피안에 갔다.

　　③ 피안으로 와버렸다.

菩提 沙婆訶 (모제 사바하, bodhi Svāhā)

　　① 깨달음이어라. 성취를 축하하노라. <일반적 풀이>

　　② 도심道心 있는 중생이여. <提婆의 풀이>

　　③ 빠르게 피안에 이르렀구나. <圓測의 풀이>

훌륭하도다, 훌륭하도다, 저 피안은 훌륭하도다. 그 피안의 사람은 훌륭하도다. 깨달음이 다 끝났도다

가는 이여 가는 이여, 피안에 가는 이여, 피안에 온전히 가는 이여, 깨달음 있어라. 행운이 깃들이기를

(16) 與白雲和尙 偈(여백운화상 게)

_石屋和尙(석옥화상, 고려 공민왕 때).

白雲買了賣淸風

(백운매료매청풍)　　　　흰 구름을 사고는 맑은 바람 팔아버려

散盡家私澈骨窮

(산진가사철골궁)　　　　집안 재물 흩어버리니 사무치게 가난하구나.

留得一間茅草屋

(유득일간모초옥)　　　　한 칸의 초가집만 남았을 뿐이니

臨行付與丙子童

(임행부여병자동)　　　　저 세상 가며 병자년 제자 그대에게 부치노라.

(17) 參謁知訥 偈(참알지눌 게) _慧諶(혜심, 眞覺國師 고려 신종 때).

呼兒響落松蘿霧

(호아향락송라무)　　　　侍者 부르는 소리 솔 안개 속에 들리고

煮茗香傳石徑風

(자명향전석경풍)　　　　차 끓이는 향내 돌길 바람 속에 풍기네.

才人白雲山下路

(재인백운산하로)　　　　이제 백운산 암자 길에 이르렀으니

已參庵內老師翁

(이참암내노사옹)　　　　이미 암자 안의 노스님을 뵌 것이라.

(18) 受扇偈(수선게) _慧諶(혜심).

昔在師翁手裏
(석재사옹수리)

지난날에는 스승님 손안에 있었으나

今來弟子掌中
(금래제자장중)

지금은 제자인 내 손바닥에 있네.

若遇熱忙狂走
(약우열망광주)

만약 아주 바삐 달리는 일을 만나면

不妨打起淸風
(불방타기청풍)

맑은 바람 훨훨 일게 함도 무방하리.

(19) 病中偈(병중게) _慧諶(혜심).

衆苦不到處
(중고부도처)

대중의 괴로움 이르지 못하는 곳에

別有一乾坤
(별유일건곤)

또 다른 하늘과 땅이 있구나.

借問是何處
(차문시하처)

그 곳이 어디인고

大寂涅槃門
(대적열반문)

크게 寂滅한 열반의 문일세.

(20) 說法臺(설법대) _天因(천인, 靜明國師 고려 고종 때).

南臺四面石纍纍
(남대사면석누루)

남대의 사방에 돌들이 벌여 있어

恰是湘公說法時
(흡시상공설법시)

마치 義湘大師 설법 자리 같네.

當日點頭人不見
(당일점두인불견)

그 때 머리 끄덕이던 사람들 안 보이지만

誰知一性本無虧
(수지일성본무휴)

본바탕은 본디 이지러지지 않음을 누가알리.

(21) 法語頌(법어송) _指空和尙(지공화상, 고려 충숙왕 때 중국 승려).

啞者高聲說妙法
(아자고성설묘법)

벙어리가 큰소리로 묘법을 설하고

聾者遠處聽微言
(농자원처청미언)

귀머거리는 먼 곳의 속삭이는 말 듣네.

無情萬物皆讚嘆
(무정만물개찬탄)

마음이 없는 만물조차 모두 찬탄하며

虛空趺坐夜來叅
(허공부좌야래참)

허공에서 가부좌하고 밤들기까지 참선해.

(22) 七佛通戒偈(칠불통계게) 七佛

_석가모니와 그 이전의 여섯 부처.

諸惡莫作

(제악막작)   온 가지 나쁜 일을 하지 말고

衆善奉行

(중선봉행)   모든 착한 일을 받들어 행하여

自淨其意

(자정기의)   그 마음이 절로 깨끗해지면

是諸佛教

(시저불교)   이것이 곧 불교니라.

(23) 授戒(수계)

_元曉(원효, 신라의 大師). 蛇福의 모친 장례 때 읊었음.

死生也苦

(사생야고)   죽고 나는 게 다 괴로움이니라.

←莫生兮其死也苦 莫死兮其生也苦(막생혜기사야고 막사혜기생야고).

태어나지 말라 그 죽음이 고니라, 죽지를 말라 그 태어남이 고니라.

* 사복이 너무 길다 하므로 앞 넉 자로 줄였다 함.

<三國遺事권4 義解 蛇福不言>

(24) 蛇福臨死偈(사복임사게)

사복이 모친 시체를 업고 지하로 들어감 _<上소>.

往昔釋迦牟尼佛

(왕석석가모니불)　　　　　옛날 석가모니 부처께서

沙羅樹間入涅槃

(사라수간입열반)　　　　　사라쌍수 사이에서 열반하셨네.

于今亦有如彼者

(우금역유여피자)　　　　　지금 또한 그와 같은 분이 있어

欲入蓮花藏界寬

(욕입연화장계관)　　　　　연화장 세계－極樂－로 편안히 가려 하네.

(25) 蛇福讚(사복찬)

淵黙龍眠豈等閑

(연묵용면기등한)　　　　　고요히 잠자는 용이 어찌 예사로우리

臨行一曲沒多般

(임행일곡몰다반)　　　　　세상 뜨며 부른 곡조 번잡치 않네.

苦兮生死元非苦

(고혜생사원비고)　　　　　괴로운 삶과 죽음 본디 괴로움이 아니니

華藏浮休世界寬

(화장부휴세계관)　　　　　기쁨 뜬 연화장 세계 편하기도 하구나.

<三國遺事(삼국유사 권4 義解 蛇福不言)>

(26) 元曉讚(원효찬)

角乘初開三昧軸

(각승초개삼매축)   벼루와 붓 소 두 뿔에 놓고 삼매경 지었고

舞壺終掛萬街風

(무호종괘만가풍)   들고 춤추던 바가지 온 거리에 바람 일으켰네.

月明瑤石春眠去

(월명요석춘면거)   달 밝은 요석공주 처소에 봄잠 자러 가더니

門掩芬皇顧影空

(문엄분황고영공)   문 닫은 분황사에 薛聰 돌아보는 그림자 헛되구나.

<三國遺事(삼국유사 권4 義解 元曉不羈)>

(27) 世尊偈(세존게)

若以色見我

(약이색견아)   만약 형상으로 나를 보려 하거나

以音聲求我

(이음성구아)   말소리로 나를 얻으려 하면

是人行邪道

(시인행사도)   그런 사람은 올바르지 않은 길을 행함이니

不能見如來

(불능견여래)   능히 여래를 보지 못하리로다.

<金剛經 法身非相分>

(28) 臨終偈(임종게) _僧肇(승조, 중국 後秦의 스님, 鳩摩羅什의 제자).

四大元無主
(사대원무주)　　　　　　　地水火風의 사대는 본디 바탕이 없고

五蘊本來空
(오온본래공)　　　　　　　色受想行識의 오온도 본래 공일세.

以首臨白刃
(이수임백인)　　　　　　　이런 경지에서 시퍼런 칼날 받으니

猶如慙春風
(유여참춘풍)　　　　　　　마치 봄바람 치듯이 시원하구나.

(29) 偈(게) _懶翁(나옹, 普濟尊者, 고려 공민왕 때 王師).

山河大地眼前花
(산하대지안전화)　　　　산하와 대지는 눈앞에 아른거리는 꽃이요

森羅萬象亦復然
(삼라만상역부연)　　　　삼라만상노 또한 그러하구나.

自性方知元淸淨
(자성방지원청정)　　　　본디부터 갖춘 佛性이 청정함을 아나니

塵塵刹刹法王身
(진진찰찰법왕신)　　　　圓融平等 나라마다 법왕의 몸이로다.

(30) 指空 · 懶翁授受偈(지공 · 나옹 수수게)

<指空>

禪無堂內法無外

(선무당내법무외)　　　　　선에는 방안이 없고 법은 밖이 없는데

庭前柏樹認人愛

(정전백수인인애)　　　　　뜰 앞 잣나무 사람의 정을 아네.

清凉臺上清凉日

(청량대상청량일)　　　　　청량대 위에 청량한 해

童子數沙童子知

(동자수사동자지)　　　　　동자가 헤아린 모래알 동자가 알리라.

<懶翁>

入無堂內出無外

(입무당내출무외)　　　　　들어가니 안이 없고 나가니 밖이 없어

刹刹塵盡選佛場

(찰찰진진선불장)　　　　　원융 평등 나라마다 선불장일세.

庭前柏樹更分明

(정전백수갱분명)　　　　　뜰 앞 잣나무 다시 분명해지니

今日夏初四月五

(금일하초사월오)　　　　　오늘이 첫여름 사월 초닷새로다.

(31) 休休庵偈(휴휴암게) _懶翁(나옹).

鐵錫橫飛到休休

(철석횡비도휴휴)　　　　　　　쇠 錫杖 날려 휴휴암에 이르니

得休休處便休休

(득휴휴처편휴휴)　　　　　　　편안하고 한가한 곳 얻어 편히 쉬었구나.

如今捨却休休去

(여금사각휴휴거)　　　　　　　지금같이 모든 걸 버리고 쉬엄쉬엄 가서

四海五湖任意遊

(사해오호임의유)　　　　　　　사해 오호 자연 속에서 내 뜻대로 다니리.

　　　　　　　　　　(註) *休休庵: 중국 平江府의 암자.

(32) 懶翁 · 指空授受偈(나옹 · 지공 수수게)

<나옹>

迷則山河爲所境

(미즉산하위소경)　　　　　　　미혹하니 산과 강이 지경이 되고

悟來塵塵是全身

(오래진진시전신)　　　　　　　깨달으면 티끌 낱낱이 모두 법신일세.

迷悟兩頭俱打事

(미오양두구타사)　　　　　　　미와 오 두 가지를 모두 깨뜨려버리니

朝朝鷄向五更啼

(조조계향오경제)　　　　　　　아침마다 닭은 오경 향해 우는구나.

<지공>

我亦朝朝聽錚聲

(아역조조청쟁성)　　　　나 또한 아침마다 댕그랑 쇳소리 듣노라.

(33) 答蒙堂老宿偈(답몽당노숙게)

_懶翁(나옹).

日出扶桑國

(일출부상국)　　　　해가 동쪽 부상 나라에서 떠서

江南海嶽紅

(강남해악홍)　　　　강남 온 천지를 붉게 물들였으니

莫問同與別

(막문동여별)　　　　같다느니 다르다느니 묻지 마오

靈光亘古通

(영광긍고통)　　　　신령스러운 광명은 옛날까지 통해 있으니.

(註) *몽당노숙: 중국 淨慈禪寺 중.

(34) 臨終偈(임종게) _白雲和尙(백운화상, 고려 공민왕 때).

人生七十歲

(인생칠십세)　　　　인생 일흔 살

古來亦稀有

(고래역희유)　　　　예로부터 드물거니

處處皆歸路

(처처개귀로)
　　　　　　　곳곳이 돌아갈 곳이요

頭頭是故鄕

(두두시고향)
　　　　　　　하나 하나가 고향일세.

何須理舟楫

(하수이주즙)
　　　　　　　어찌 구태여 띄울 배를 손질해

特地欲歸鄕

(특지욕귀향)
　　　　　　　특별나게 한 고향 가려 하리오.

我自本不有

(아자본불유)
　　　　　　　나라는 것은 본디 있는 게 아니었고

心亦無住所

(심역무주소)
　　　　　　　마음이란 것도 붙인 데가 없으니

作灰散四方

(작회산사방)
　　　　　　　재로 되어 사방에 뿌려져야지

勿占檀那地

(물점단나지)
　　　　　　　施主 받는 땅을 점하지 말라.

(35) **答明覺僧(납 닝각숭)** _普雨大師(보우대사, 조선 명종 때).

我山山我理無間

(아산산아이무간)
　　　　　나와 산, 산과 나는 틈이 없는 이치인데

孰是山容孰我顔

(숙시산용숙아안)
　　　　　어느 것이 산 모습이고 어느 게 내 얼굴인가.

執我異山還着我

(집아이산환착아)　　　　내가 산과 다르다는 게 나에게 집착이 되니

認山非我未忘山

(인산비아미망산)　　　　산은 내가 아니라 하기에 산을 잊지 못하네.

直抛能所情多許

(직포능소정다허)　　　　能化 所化 곧 主客 같은 온갖 생각 버린 뒤

滿目峨岏知底物

(만목아완지저물)　　　　눈에 가득 찬 높은 산 그 밑바닥을 알게 되어

東林春醉浸禪關

(동림춘취침선관)　　　　동편 숲 봄 향기에 절 문이 젖어 있으리라.

(36) 念佛頌(염불송) _懶翁(나옹).

阿彌陀佛在何方

(아미타불재하방)　　　　아미타불이 어느 곳에 계시는지

着得心頭切莫忘

(착득심두절막망)　　　　마음속에서 떠나지 않아 잊을 수 없네.

念到念窮無念處

(염도염궁무념처)　　　　거듭해 염하니 無念無想의 경지 되고

六門常放紫金光

(육문상방자금광)　　　　佛殿 여섯 문 열려 부처님 금빛 보이네.

(37) 悟道頌 － 過鳳城聞午鷄(오도송 － 과봉성문오계)

_西山大師(서산대사).

髮白非心白

(발백비심백)　　　　머리 하얗게 세었어도 마음은 세지 않았다고

古人曾漏泄

(고인증누설)　　　　　옛 분들 진작에 말했어라.

今聽一聲鷄

(금청일성계)　　　　　이제 낮닭 울음소리 들으니

丈夫能事畢

(장부능사필)　　　　　대장부의 해내야 할 일 마치었네.

忽得自家底

(홀득자가저)　　　　　문득 부처님의 도 깨치고 보니

頭頭只此爾

(두두지차이)　　　　　도 하나 하나마다 오로지 이와 같아

萬千金寶藏

(만천금보장)　　　　　천만금 값어치의 보배 經典이지만

元是一空紙

(원시일공지)　　　　　워낙에는 하나의 빈 종이일 뿐일세.

(38) 世尊偈(세존게)

一切有爲法

(일체유위법)　　　　　인연 따라 이루어지는 모든 현상은

如夢幻泡影

(여몽환포영)　　　　꿈이요 환상이요 거품이요 그림자 같고

如露亦如電

(여로역여전)　　　　이슬 같고 또 번개 같아 변하는 것이니

應作如是觀

(응작여시관)　　　　모든 것을 마땅히 이와 같이 볼지니라.

<金剛經 應化非眞分>

(39) 大師讚(대사찬) _靑梅 印悟(청매 인오, 西山大師 문하 스님).

<淸虛讚>

淸虛總判

(청허총판)　　　　　불교계 都摠攝 서산대사는

身一片雲

(신일편운)　　　　　일신을 조각구름같이 여기고

志千里鶴

(지천리학)　　　　　뜻은 천리 학 같아 나라 일 도왔지만

空諸法藏

(공제법장)　　　　　모든 法性 教法은 공허하게 해

碎萬祖骨

(쇄만조골)　　　　　앞 시대 祖師들 遺訓을 부수었구나.

<浮休讚>

浮休大師

(부휴대사)　　　　　부휴대사는

聰明天縱

(총명천종)　　　　　　　그 총명을 하늘이 내려

道洽眞空

(도흡진공)　　　　　　　참 空虛의 경지를 흡족토록 익혀

具體作家

(구체작가)　　　　　　　祖師로서 일가를 이루어

海內蒙光

(해내몽광)　　　　　　　온 나라 안에 두루 광명을 주었네.

(40) 參禪(참선)

_泗溟大師(사명대사, 조선 선조 때).

參禪不用多言語

(참선불용다언어)　　　　　참선에는 많은 말이 필요 없어

只在尋常黙自看

(지재심상묵자간)　　　　　다만 보통으로 묵묵히 자기를 바라볼 뿐.

趙州無字如忘却

(조주무자여망각)　　　　　조주 스님이 쓴 '無' 글자도 잊어버리고

雖口無言我不干

(수구무언아불간)　　　　　비록 말이 없을지라도 상관 않아야지.

參禪須破祖師關

(참선수파조사관)　　　　　참선은 조사의 관문을 깨뜨릴지니

縛虎拏龍莫等閒

(박호나룡막등한)　　　　　범을 묶고 용을 잡기에 등한히 말라.

直得驚天動地去

(직득경천동지거)　　　　　　　곧바로 경천동지함을 얻게 되면

此時方得到家山

(차시방득도가산)　　　　　　　이 때 바로 부처의 세계에 들게 되리라.

(41) 臨終偈(임종게) _浮休 善修大師(부휴 선수대사, 조선 선조 때).

七十三年遊幻海

(칠십삼년유환해)　　　　　　　일흔 세 해를 덧없는 이승에 살다가

今朝脫殼返初源

(금조탈각반초원)　　　　　　　오늘 아침 껍질 벗어 본 고장 돌아가네.

廓然空寂元無物

(확연공적원무물)　　　　　　　넓고 텅 빈 부처나라 본래 없는 것인데

何有菩提生死根

(하유보리생사근)　　　　　　　깨달음 그 어디에 생사의 뿌리 있는가.

(42) 述懷(술회)

　　_泗溟大師(사명대사) ― 선조 22년 오대산 靈鑑精舍에 있을 때 잘못된 일로 江陵府에 구금, 儒士들의 도움으로 석방되어 지은 것임.

娥媚山頂鹿

(아미산정록)　　　　　　　아미산 꼭대기의 사슴이

擒下就轅門
(금하취원문)

江陵府에 갇혔다가

解網放還去
(해망방환거)

그 그물 벗어나 돌아가니

千山萬樹雲
(천산만수운)

모든 산이 나무요 구름이구나.

(43) 偈頌(게송) _震黙大師(진묵대사, 조선 광해군 때).

寄汝靈山十六愚
(기여영산십륙우)

영취산의 열여섯 羅漢에게 이르나니

樂村齋飯幾時休
(낙촌재반기시휴)

마을의 잿밥 즐김을 언제 그칠 건고.

神統妙用須難及
(신통묘용수난급)

신비한 법력과 묘한 쓰임에 미치기 어려우리니

大道應問老比丘
(대도응문노비구)

대도는 마땅히 노스님에게 물어야 하리리.

(44) 順道大師(순도대사) _첫 불교 전래 스님(고구려 소수림왕 때).

人天因果
(인천인과)

인간계나 천상계나 모두 인과응보에 따르느니라.

(45) 順道讚(순도찬)

鴨綠春深渚草鮮

(압록춘심저초선)　　　　　　압록강에 봄은 깊어 물가 풀 곱고

白沙鷗鷺等閒眠

(백사구로등한면)　　　　　　모래밭 갈매기는 한가로이 조네.

忽驚柔櫓一聲遠

(홀경유로일성원)　　　　　　멀리서 노 젓는 소리 갈매기들 놀라더니

何處漁舟客到烟

(하처어주객도연)　　　　　　어느 곳 고기잡이 배인지 안개 속에 나타나네.

<三國遺事(삼국유사 권3 興法 順道肇麗)>

(46) 鄕愁(향수) _馬祖 道一(마조 도일, 중국 선종의 泰斗).

권하노니 그대 고향에 가지 말라, 거기서는 누구나 聖者일 수 없다네.
개울가의 늙으신 그 노파는 아직도 아이 적 이름만 부르신다오.

<傳燈錄>

(47) 呪願(주원) _漸開(점개, 신라 神文王 때 高僧).

檀越好布施

(단월호보시)　　　　　　당신께서 보시하시기를 좋아하니

天神常護持

(천신상호지)　　　　　　천신이 늘 지켜주실 것이라

施一得萬倍

(시일득만배)　　　　　하나를 보시하면 만 배를 얻게 되나니

安樂壽命長

(안락수명장)　　　　　편안히 살며 장수하실 것이오.

<三國遺事 권5 孝善 大城孝二世父母 神文王代>

(48) 金大城讚(김대성찬)

车梁春後施三畝

(모량춘후시삼무)　　　　모량에서 봄 지나 세 이랑 밭 보시하였고

香嶺秋來穫萬金

(향령추래확만금)　　　　향령—토함산—에서는 가을에 만금을 거두었네.

萱室百年貧富貴

(훤실백년빈부귀)　　　　어머니는 평생 빈부를 소중히 했고

槐庭一夢去來今

(괴정일몽거래금)　　　　三公 지위 꿈결로 두 세상 오간 아들일세.

(註) 불국사와 석굴암을 이룩한 김대성이 漸開에게 보시하고 金文亮의 아들로 다시 태어났음.

<三國遺事(삼국유사, 上仝)>

(49) 偈詩(게시) _船子和尙(선자화상, 중국 北宋 때 僧侶).

千尺絲綸直下垂

(천척사륜직하수)　　　　긴 낚싯줄 곧바로 물에 드리우니

一波纔動萬波隨

(일파재동만파수)　　　　　물결 하나 갑자기 일자 온갖 파도 몰리네.

夜靜水寒魚不食

(야정수한어불식)　　　　　밤 고요하고 물이 차 물고기 물지 않아

滿船空載月明歸

(만선공재월명귀)　　　　　배 가득 하늘 싣고 밝은 달 속 돌아오네.

(參考) 秋江에 밤이 드니 물결이 차노매라. 낚시 드리우니 고기 아니 무노매라.
無心한 달빛만 싣고 빈배 돌아오노라.

<月山大君 時調>

(50) 百濟摩羅難陀讚(백제 마라난타찬)

天造從來草昧間

(천조종래초매간)　　　　하늘의 조화는 본디 개벽의 처음처럼 거친 것

大都爲伎也應難

(대도위기야응난)　　　　잔재주로 기교 부리기는 어려우리라.

翁翁自解呈歌舞

(옹옹자해정가무)　　　　할아비는 이를 잘 알아 노래와 춤으로 나타내어

引得旁人借眼看

(인득방인차안간)　　　　옆 사람 끌어당겨 눈으로 보게 하는구나.

<三國遺事(삼국유사 권3 興法 難陁闢濟)>

(51) 阿道讚(아도찬)

雪擁金橋凍不開

(설옹금교동불개)   금교에 눈이 얼어 길 트이지 않아

鷄林春色未全廻

(계림춘색미전회)   계림의 봄기운은 아직 온전치 않네.

可矜靑帝多才思

(가긍청제다재사)   봄 신 청제의 많은 재주 자랑할 만해

先着毛郞宅裏梅

(선착모랑댁리매)   모랑의 집 매화나무에 먼저 꽃 피웠구나.

<三國遺事(삼국유사 권3 興法 阿道基羅)>

(52) 新羅原宗讚(신라 원종찬)

聖智從來萬世謀

(성지종래만세모)   성인의 지혜는 본디 만세를 꾀하나니

區區興議謾秋毫

(구구여의만추호)   구구한 많은 소문 따질 것 없으리.

法輪解逐金輪轉

(법륜해축금륜전)   법륜이 풀어져 금륜을 좇아 구르니

舜日方將佛日高

(순일방장불일고)   요순 같은 태평세월 바로 불교로 하여 이루어지네.

(註) *법륜: 차바퀴가 굴러 이어가듯 미래를 향하여 영원히 넓혀 가는 부처의 가
르침 곧 佛法을 상징함. 說法하는 것을 '법륜을 굴린다'고 함. *금륜: 세계를 받들

고 있는 三輪의 하나로, 이 삼륜이 地輪 곧 大地임.

<三國遺事(삼국유사 권3 興法 原宗興法)>

(53) 新羅厭髑讚(신라 염촉찬, 이차돈찬異次頓讚)

殉義輕生已足驚
(순의경생이족경)　　　　　　의리 좇아 목숨 가벼이 여겨 놀라운데
天花白乳更多情
(천화백유갱다정)　　　　　　천화와 흰 젖 같은 피 그 자취 다정하구나.
俄然一劒身亡後
(아연일검신망후)　　　　　　갑자기 한 칼에 몸은 죽었지만
院院鍾聲動帝京
(원원종성동제경)　　　　　절간마다에서 울리는 종소리 온 장안을 뒤흔드네.

<三國遺事(삼국유사 권3 興法 厭髑滅身)>

(54) 百濟法王讚(백제 법왕찬, 薯童)

詔寬狖狘千丘惠
(조관휼월천구혜)　　　날짐승 길짐승 잡지 말라는 영 온 산에 은혜 되고
澤洽豚魚四海仁
(택흡돈어사해인)　　　돼지와 물고기도 흡족해 어진 명성 사해에 넘치네.
莫道聖君輕下世
(막도성군경하세)　　　성군께서 갑자기 돌아가셨다고 말하지 말라

上方兜率正芳春

(상방도솔정방춘)　　부처 나라 도솔천은 지금 한창 꽃다운 봄이라네.

<三國遺事(삼국유사 권3 興法 法王禁殺)>

(55) 普德讚(보덕찬)

釋氏汪洋海不窮

(석씨왕양해불궁)　　　　불교는 넓디넓어 바다처럼 끝없어

百川儒老盡朝宗

(백천유로진조종)　　　　많은 갈래의 유교와 도교 모두 받아들이네.

麗王可笑封沮洳

(여왕가소봉저여)　　　고구려 임금 우습구나, 축축한 땅 웅덩이만 막아

不省滄溟徙臥龍

(불성창명사와룡)　　　제갈량 같은 인물 바다로 옮겨감을 살피지 못하네.

<三國遺事(삼국유사 권3 興法 寶藏奉老 普德異庵)>

(56) 宴坐石讚(연좌석찬)

惠日沉輝不記年

(혜일침휘불기년)　　　해가 빛 잃듯 우리 불교 빛 잃은 지 몇 해이던고

唯餘宴坐石依然

(유여연좌석의연)　　　오직 연좌석 바위만은 그대로 남아있구나.

桑田幾度成滄海

(상전기도성창해)　　　상전벽해 뒤바뀌기 그 몇 번이던가

可惜巍然尙未遷

(가석외연상미천)　　　아름답구나, 아직도 우뚝하게 그대로 있음이여.

<三國遺事(삼국유사 권3 塔像 迦葉佛宴坐石)>

(57) 育王塔讚(육왕탑찬)

育王寶塔遍塵寰

(육왕보탑편진환)　　　阿育王－아소카왕－의 불탑은 속세에 두루 세워져

雨濕雲埋蘇纈斑

(우습운매소힐반)　　　비에 젖고 구름에 묻혀 이끼마저 아롱졌겠네.

想像當年行路眼

(상상당년행로안)　　　그 당시 나그네들의 모든 눈길 상상해 보니

幾人指點祭神墦

(기인지점제신번)　　　몇 사람이나 신의 무덤이라 가리켰을까.

<三國遺事(삼국유사 권3 塔像 遼東城 育王塔)>

(58) 沙婆石塔讚(사바석탑찬)

載塔緋帆茜旆輕

(재탑비범천패경)　　　탑 실은 붉은 돛대 진홍색 깃발 경쾌하기도 해

乞靈遮莫海濤驚

(걸령차막해도경)　　　신령께 빌어 험한 파도 헤치었네.

豈徒到岸扶黃玉

(기도도안부황옥)　　　바닷가에 온 게 황옥 공주만 도우려는 것이랴

千古南倭退怒鯨

(천고남왜퇴노경)　　　　영원토록 남쪽 왜의 날뜀을 막으려는 것일세.

<三國遺事(삼국유사 권3 塔像 金官城沙婆石塔)>

(59) 皇龍寺丈六讚(황룡사장륙찬)

塵方何處匪眞鄕

(진방하처비진향)　　　　티끌세상 어디든 참 고향 아니랴마는

香火因緣最我邦

(향화인연최아방)　　　　향 피워 제사하는 인연 우리나라가 으뜸일세.

不是育王難下手

(불시육왕난하수)　　　　아육왕이 불상 착수를 어려워 한 것은 아니지만

月城來訪舊行藏

(월성내방구행장)　　　　월성의 감추어진 옛 터 찾느라 그랬으리.

<三國遺事(삼국유사 권3 塔像 皇龍寺丈六)>

(60) 皇龍寺九層塔讚(황룡사구층탑찬)

鬼拱神扶壓帝京

(귀공신부압제경)　　　　귀신의 힘인 듯 서울을 압도하니

輝煌金碧動飛甍

(휘황금벽동비맹)　　　　금빛 푸른빛 눈부시어 높들린 처마 움직거리네.

登臨何啻九韓伏

(등림하제구한복)　　　　여기 올라 어찌 구한의 항복만을 보리

始覺乾坤特地平

(시각건곤특지평)　　하늘땅이 특별나게 평평함을 비로소 깨달으리라.

<三國遺事(삼국유사 권3 塔像)>

(61) 萬佛山讚(만불산찬)

天粧滿月四方裁

(천장만월사방재)　　하늘이 둥근 달 같은 四方佛을 마련하고

地湧明毫一夜開

(지용명호일야개)　　땅은 부처 눈썹 새 흰털을 솟게 해 하룻밤을 여네.

妙手更頰彫萬佛

(묘수갱협조만불)　　묘한 솜씨로 다시 만 개 부처를 새겼으니

眞風要使遍三才

(진풍요사편삼재)　　부처님 風度를 天地人에 두루 퍼지게 하라.

<三國遺事(삼국유사 권3 塔像 四佛山 掘佛山 萬佛山)>

(62) 普燿禪師眞影讚(보요선사진영찬)

偉哉初祖 巍乎眞容

(위재초조외호진용)　　거룩한 개조 스님 그 참모습 우뚝하네.

再至吳越 大藏成功

(재지오월대장성공)　　두 번이나 오월에 가 대장경 가져왔네.

賜銜普燿 鳳詔四封

(사함보요봉조사봉)　　　'보요' 직함 받았고 조서 내리기 네 번일세.

若問其德 白月淸風

(약문기덕백월청풍)　　　그의 덕을 말한다면 밝은 달 맑은 바람이라.

<三國遺事(삼국유사 권3 塔像 前後所將舍利)>

(63) 前後所將舍利讚(전후소장사리찬)

華月夷風尙隔烟

(화월이풍상격연)　　　중국의 달과 우리 동방 바람 아직 연기로 막혔고

鹿園鶴樹二千年

(녹원학수이천년)　　　綠野園과 鶴林―석가의 설법과 입적― 이천년일세.

流傳海外眞堪賀

(유전해외진감하)　　　사리가 해외인 이 땅에 전해와 참으로 축하할 일

東震西乾共一天

(동진서건공일천)　　　따라서 우리나라와 인도 한 하늘 아래일세.

<三國遺事(삼국유사 권3 上소)>

(64) 眞慈師讚(진자사찬)

尋芳一步一瞻風

(심방일보일첨풍)　　　선화 찾는 한 걸음에 그의 풍도 바라보니

到處栽培一樣功

(도처재배일양공) 　　　곳곳에 길러놓은 한결같은 공이로구나.

羃地春歸無覓處

(멱지춘귀무멱처) 　　　온 땅 덮으며 봄은 가 버려 찾을 수 없으니

誰知頃刻上林紅

(수지경각상림홍) 　　　잠깐 대궐 동산의 꽃이었음을 누가 알았으리.

<三國遺事(삼국유사 권3 塔像 彌勒仙花 未尸郞 眞慈師)>

(65) 二聖聖娘讚(이성성낭찬)

滴翠嵓前剝啄聲

(적취암전박탁성) 　　　푸른빛 철철 짙은 바위 앞에 문 두드리는 소리

何人日暮叩雲扃

(하인일모고운경) 　　　누가 해 저물어 구름 속 문 두드리는가

南庵且近宜尋去

(남암차근의심거) 　　　남쪽 암자 가까우니 찾아갈 것이지

莫踏蒼苔汚我庭

(막답창태오아정) 　　　푸른 이끼 밟아 내 뜰 더럽히지 마오.

<寄北庵 달달박박>

谷暗何歸已暝煙

(곡암하귀이명연) 　　　골짜기 어둡고 연기 자욱해 어디로 가랴

南窓有簟且流連

(남창유점차유련) 　　　남쪽 창에 돗자리 있으니 쉬어 가오.

夜闌百八深深轉

(야란백팔심심전)　　　밤 깊어 백팔염주 굴리고 있으니

只恐成喧惱客眠

(지공성훤뇌객면)　　　다만 이 염주 소리에 손님 잠깰까 두렵구려.

＜寄南庵 노힐부득＞

十里松陰一逕迷

(십리송음일경미)　　　십리 긴 솔 그림자에 길 헤매다가

訪僧來試夜招提

(방승내시야초제)　　　밤의 절간 찾아가서 중을 시험했구나.

三槽浴罷天將曉

(삼조욕파천장효)　　　세 통 물에 목욕 마치니 날도 새려는데

生下雙兒擲向西

(생하쌍아척향서)　　　두 아이 낳아 놓고 서쪽으로 향해 갔지.

＜寄聖娘＞

(註) 노힐부득과 달달박박은 처자를 데리고 산중으로 들어가 살다가, 가족을 떠나 白月山(현창녕군 소재) 無等谷으로 들어가서, 박박은 북쪽 고개 사자바위를 차지하고 부득은 동쪽 고개 차지해, 부득은 彌勒佛을 구하고 박박은 彌陀佛을 공경하고 외었다. 성덕왕 즉위 8년(709) 20세가량의 소녀가 박박의 北庵으로 와 묵기를 청했으나 거절당했다. 소녀는 부득의 南庵으로 가 묵기를 허락 받아 아이까지 순산하고 목욕물까지 마련해 목욕시켜 달라하여, 그대로 했더니 물이 금빛으로 변하더라 했다. 소녀는 관음보살의 화신―聖娘―이었다. 두 사람도 그 물에 목욕했더니 함께 無量壽佛이 되더라고 했다.

＜三國遺事(삼국유사 권3 南白月二聖 努肹夫得 怛怛朴朴)＞

(66) 盲兒得眼讚(맹아득안찬)

竹馬葱笙戲陌塵

(죽마총생희맥진)　　　죽마 타고 파피리 불며 길거리에서 놀더니

一朝雙碧失瞳人

(일조쌍벽실동인)　　　하루아침에 초롱초롱한 두 눈 잃은 사람 되었구나.

不因大士廻慈眼

(불인대사회자안)　　　대사가 자비로운 눈 돌리지 않았더라면

虛度楊花幾社春

(허도양화기사춘)　　　봄 제사 때 몇 번이나 버들개지 못 보고 넘겼을꼬.

(註) *希明作 鄉歌 '禱千手觀音歌' ― 무릎 세우고 두 손 모아, 천수관음 앞에 비옵나이다. 1천 손과 1천 눈 하나를 내어 하나를 덜기를. 둘 다 없는 이 몸이오니 하나라도 주시옵소서. 아아, 나에게 주시오면, 그 慈悲가 얼마나 클 것입니까. <李民樹 譯>

<三國遺事(삼국유사 권3 塔像 芬皇寺千手大悲 盲兒得眼)>

(67) 正趣調信誡詞(정취조신 계사)

快適須臾意已閑

(쾌적수유의이한)　　　쾌적함이 잠깐 마음 한가롭게 하더니

暗從愁裏老蒼顏

(암종수리노창안)　　　남모르는 근심으로 말쑥한 얼굴 늙어버리네.

不須更待黃粱熟

(불수갱대황량숙)　　　기장밥 익을 짧은 동안을 기다릴 것 없나니

方悟勞生一夢間

(방오노생일몽간)　　　애쓰며 사는 인생도 한 바탕 꿈인 걸 깨닫게나.

治身藏否先誠意

(치신장부선성의)　　　심신 수양 잘되고 못되기는 성의에 달렸으니

鰥夢蛾眉賊夢藏

(환몽아미적몽장)　　　홀아비는 미인 꿈꾸고 도둑은 재물 바라네.

何似秋來淸夜夢

(하사추래청야몽)　　　어찌하면 가을이 와 맑은 밤 꿈속처럼 되어

時時合眼到淸涼

(시시합안도청량)　　　가끔 눈감고 깨끗하고 조용한 경지에 이를꼬.

<三國遺事(삼국유사 권3 洛山二大聖 觀音正趣調信)>

(68) 圓光讚(원광찬)

航海初穿漢地雲

(항해초천한지운)　　　　바다 건너 처음으로 중국 땅에 가

幾人來往挹淸芬

(기인내왕읍청분)　　　　몇 분이나 오가며 그 불법 닦았던가.

昔年蹤迹靑山在

(석년종적청산재)　　　　지난날의 자취는 청산에 있나니

金谷嘉西事可聞

(금곡가서사가문)　　　　金谷寺와 加西岬寺에 스님 사적 있네.

(註) *금곡사: 圓光法師의 浮圖가 있는 절. 경북 安康 三岐山에 있음. *가서갑사:

원광이 法會를 처음 연 절. 경북 청도 雲門寺 부근에 있으며 嘉瑟岬寺(가슬갑사)
라고도 함.

<三國遺事(삼국유사 권4 義解 圓光西學)>

(69) 良志讚(양지찬)

齋罷堂前錫杖閑
(재파당전석장한)   供養齋 끝나 법당 앞 석장 일이 없어
靜裝爐鴨自焚檀
(정장노압자분단)   향로 손질하고 스스로 檀香 피우네.
殘經讀了無餘事
(잔경독료무여사)   읽던 불경 다 읽자 더는 할 일 없어
聊塑圓容合掌看
(요소원용합장간)   큰 불상 만들어 합장하여 보는구나.

<三國遺事(삼국유사 권4 義解 良志使錫)>

(70) 歸竺諸師讚(귀축제사찬, 천축 구법승 찬송)

天竺天遙萬疊山
(천축요요만첩산)   천축 땅 멀고멀어 만첩 겹친 산 저쪽
可憐遊士力登攀
(가련유사역등반)   가련해라, 힘 다해 오르고 오르는 求法 스님들
幾回月送孤帆去
(기회월송고범거)   저 달은 몇 번이나 외로운 배 보냈던가

未見雲隨一杖還

(미견운수일장환)　　　　구름 따라 돌아오는 이 한 사람도 없구나.

<三國遺事(삼국유사 권4 歸竺諸師)>

(71) 慈藏讚(자장찬, 자장율사 찬송)

曾向淸涼夢破廻

(중향청량몽파회)　　　　일찍이 청량산 갔다가 꿈 깨고 돌아오니

七篇三聚一時開

(칠편삼취일시개)　　　　칠편삼취의 계율이 일시에 열렸네.

欲令緇素衣慙愧

(욕령치소의참괴)　　　　중과 속인의 옷 부끄럽게 여겨

東國衣冠上國裁

(동국의관상국재)　　　　우리나라 의관을 중국과 같게 만들었네.

<三國遺事(삼국유사 권4 義解 慈藏定律)>

(72) 二惠讚(이혜찬, 惠宿과 惠空 찬송)

草原縱獵床頭臥

(초원종렵상두와)　　　　초원에서 사냥하고는 침상에 눕고

酒肆狂歌井底眠

(주사광가정저면)　　　　술집에서 노래하고는 우물 속에서 조네.

隻履浮空何處去

(척리부공하처거)　　　　짚신 한 짝, 공중에 떠간 분 어디 갔는고

一雙珍重火中蓮

(일쌍진중화중련)　　　　　　한 쌍 귀중한 보배 같은 불 속 연꽃일세.

(註) *隻履: 혜숙의 무덤을 파보니 신발 한 짝만 있었다 함. *浮空: 혜공이 죽은 뒤 공중에 떠서 사라졌다함. *火中蓮: 維摩經에 있는 말임.

<三國遺事(삼국유사 권4 義解 二惠同塵)>

(73) 義湘讚(의상찬)

披榛跨海冒烟塵

(피진과해모연진)　　　　　덤불 헤치며 風塵 무릅쓰고 바다 건너가

至相門開接瑞珍

(지상문개접서진)　　　　　至相寺 절문 열리며 귀한 손님으로 대접받았네.

采采雜花栽故國

(채채잡화재고국)　　　　　낯선 꽃 캐어 심듯 華嚴宗을 고국으로 들여오니

終南太伯一般春

(종남태백일반춘)　중국－종남산－과 우리나라－태백산－ 같은 봄일세.

<三國遺事(삼국유사 권4 義解 義湘傳敎)>

(74) 眞表讚(진표찬)

現身○季激慵聾

(현신○계격용롱)　　　　　말세에 나타내어 어리석은 자 깨우치니

靈岳仙溪感應通

(영악선계감응통)　　　　　靈山寺와 仙溪山이 감응해 통했구나.

莫謂翹懃傳搭懺
(막위교근전탑참)　　善惡 懺悔의 搭懺法만 정성으로 전했다 하지 말라
作橋東海化魚龍
(작교동해화어룡)　　동해 바다에 다리 놓아준 어룡도 감화되었네.

<三國遺事(삼국유사 권4 義解 眞表傳簡)>

(75) 心地讚(심지찬)

生長金閨早脫籠
(생장금규조탈롱)　　　　궁중에서 생장하여 일찍 궁중을 벗어나
儉勲聰惠自天鍾
(검근총혜자천종)　　　　부지런하고 총명함은 하늘이 내린 바일세.
滿庭積雪偸神簡
(만정적설투신간)　　　　눈 쌓인 뜰에서 부처의 간자—편지— 뽑아
來放桐華最上峯
(내방동화최상봉)　　　　동화사 산 최상봉에 가져다 놓았네.

<三國遺事(삼국유사 권4 義解 心地繼祖)>

(76) 大賢讚(대현찬)

遶佛南山像逐旋
(요불남산상축선)　　　남산의 불상을 도니 불상도 얼굴을 돌렸고
靑丘佛日再中懸
(청구불일재중현)　　　이 땅의 불교가 다시 하늘에 해 걸리듯 했네.

解敎宮井淸波湧

(해교궁정청파용)　　　　　궁중의 말랐던 우물 맑은 물 솟게 한 것이

誰識金爐一炷烟

(수식금로일주연)　　　　　향로의 한 줄기 연기에서 시작됨을 누가 알리.

(註) *賢瑜珈: 유가종 곧 法相宗의 高僧인 大賢. *海華嚴: 화엄종의 고승인 法海.
<三國遺事(삼국유사 권4 義解 賢瑜珈 海華嚴)>

(77) 法海讚(법해찬)

法海波瀾法界寬

(법해파란법계관)　　　　　법해가 물결 일으키니 佛法 범위 넓기도 하여

四海盈縮未爲難

(사해영축미위난)　　　　　온 세상을 늘리고 줄이는 일 어렵지 않구나.

莫言百億須彌大

(막언백억수미대)　　　　　수미산이 헤아릴 수 없이 크다고 말하지 말라.

都在吾師一指端

(도재오사일지단)　　　　　모두가 우리 스님의 한 손가락 끝에 달렸다오.
<三國遺事(삼국유사 권4 上소)>

(78) 密本讚(밀본찬)

紅紫紛紛幾亂朱

(홍자분분기난주)　　　　　붉은 색 보라색이 얽혀 本色 빨강을 어지럽혀

堪嗟魚目誑愚夫

(감차어목광우부)   아아, 물고기 눈을 구슬로 어리석은 이 속였네.

不因居士輕彈指

(불인거사경탄지)   밀본 거사가 손가락을 가벼이 퉁기지 않았더라면

多少巾箱襲碔砆

(다소건상습무부)   상자 속에 옥 아닌 무부를 얼마나 담았을꼬.

<三國遺事(삼국유사 권5 神呪 密本摧邪)>

(79) 惠通讚(혜통찬)

山桃溪杏映籬斜

(산도계행영리사)   산 복숭아 시냇가 살구 울에 비껴 비추고

一徑春深兩岸花

(일경춘심양안화)   오솔길에 봄은 깊어 양쪽 언덕에 꽃일세.

賴得郎君閑捕獺

(뇌득낭군한포달)   혜통 낭군이 수달을 잡은 일로 하여

盡敎魔外遠京華

(진교마외원경화)   마귀와 용을 서울 밖으로 몰아내게 되었구나.

<三國遺事(삼국유사 권5 神呪 惠通降龍)>

(80) 仙桃聖母讚(선도성모찬)

來宅西鳶幾十霜

(내택서연기십상)   서연산에 터 잡은 지 몇 10년 인고

招呼帝子織霓裳

(초호제자직예상)　　　　　천제의 딸들 불러 신선의 옷을 짰네.

長生未必無生異

(장생미필무생이)　　　　　오래 사는 방술이 없지는 않았는데

故謁金仙作玉皇

(고알금선작옥황)　　　　　부처님 뵙고는 옥황상제 되었구나.

<三國遺事(삼국유사 권5 感通 仙桃聖母隨喜佛事)>

(81) 郁面讚(욱면찬)

西隣古寺佛燈明

(서린고사불등명)　　　　　서편 이웃 옛 절에 부처 등불이 밝아

舂罷歸來夜二更

(용파귀래야이경)　　　　　방아찧기 끝내고 예불하니 밤 깊어라.

自許一聲成一佛

(자허일성성일불)　　　　　스스로를 격려하라는 말에 부처가 되니

掌穿繩子直忘形

(장천승자직망형)　　　　　손바닥 뚫고 노끈 꿰어 肉身을 버렸네.

<三國遺事(삼국유사 권5 感通 郁面婢念佛西昇)>

(82) 憬興讚(경흥찬)

昔賢垂範意彌多

(석현수범의미다)　　　　　옛 현인이 모범을 보임은 그 뜻이 두루 많은데

胡乃兒孫莫切瑳
(호내아손막절차)　　　어이해 후손들이 절차탁마하지 않는가.

背底枯魚猶可事
(배저고어유가사)　　　중이 마른 생선 지고 있는 것은 이치에 합당해

那堪他日背龍華
(나감타일배용화)　　　어찌 뒷날 용화수 아래의 미륵불 저버리리.

<三國遺事(삼국유사 권5 感通 憬興遇聖)>

(83) 眞身受供讚(진신수공찬)

燃香擇佛看新繪
(연향택불간신회)　　　향 피우며 허술한 차림의 부처님 보았고

辨供齋僧喚舊知
(변공재승환구지)　　　落成齋에서 공양 시주하며 옛 일 되새겼네.

從此琵琶嵓上月
(종차비파암상월)　　　이로부터 부처 숨은 비파암 위에 뜨는 달은

時時雲掩到潭遲
(시시운엄도담지)　　　때때로 구름에 가려 못에 비치기 더디리라.

<三國遺事(삼국유사 권5 感通 眞身受供)>

(84) 善律讚(선율찬)

堪羨吾師仗勝緣
(감선오사장승연)　　　선율 스님 반야경 펴려는 인연 참 부럽구나.

魂遊却返舊林泉

(혼유각반구임천) 　　　　　영혼이 고향으로 되돌아오면서, 여인의

爺孃若問兒安否

(야양약문아안부) 　　　　　'고향 가서 우리 부모 내 안부 묻거든, 나를 위해

爲我催還一畝田

(위아최환일무전) 　　　　　절에서 빼앗은 논 빨리 돌려 주라' 부탁도 받았네.

<三國遺事(삼국유사 권5 感通 善律還生)>

(85) 金現讚(김현찬)

山家不耐三兄惡

(산가불내삼형악) 　　　　　산 속 집의 세 오라비 죄악이 많아

蘭吐那堪一諾芳

(난토나감일낙방) 　　　　　난초 향기 풍기듯 한번 승낙 어쩌리.

義重數條輕萬死

(의중수조경만사) 　　　　　의리 소중함 몇 가지라 죽음도 가벼워

許身林下落花忙

(허신임하낙화망) 　　　　　숲 속에 든 범 아내 꽃처럼 져갔구나.

<三國遺事(삼국유사 권5 感通 金現感虎)>

(86) 書跋偈(서발게) _初章觀文과 安身事心論 끝에 지은 게 元曉(원효).

西谷沙彌稽首禮

(서곡사미계수례) 　　　　　서편 골의 중이 머리 조아려

東岳上德高巖前

(동악상덕고암전)　　　　　동쪽 봉우리 높은 스님께 절하오며

吹以細塵補鷲岳

(취이세진보취악)　　　　　가느다란 티끌 불어 영취산에 보태고

飛以微滴投龍淵

(비이미적투용연)　　　　　자잘한 물방울 날려 용연으로 보냅니다.

(註) 朗智는 高僧인데 역시 고승인 智通과 元曉가 스승으로 섬겼음. 靈鷲山(양산 군 소재)에 사는 낭지에게 지통이 찾아갔고, 원효는 磻高寺(울주군 영추산 소재) 에 있으면서 지통과 자주 만났다 함.

<三國遺事(삼국유사 권5 避隱 朗智乘雲 普賢樹)>

(87) 朗智讚(낭지찬)

想料嵓藏百歲間

(상료암장백세간)　　　　　생각하니 영취산에 숨은 지 백 년 동안

高名曾未落人寰

(고명증미낙인환)　　　　　높이 난 이름 일찍이 세상에 드러나지 않았지만

不禁山鳥閑饒舌

(불금산조한요설)　　　　　산새들 한가히 조잘거림은 막을 수 없어

雲馭無端洩往還

(운어무단설왕환)　　　　　구름 타고 다니는 일 뜻밖에 누설되었구나.

<三國遺事(삼국유사 上소)>

(88) 緣會讚(연회찬)

倚市難藏久陸沉

(의시난장구육침)　　　저자에 숨어삶이 어렵지만 참된 隱士였고

囊錐旣露括難禁

(낭추기로괄난금)　　　囊中之錐라 감추기 어려웠네.

自緣庭下靑蓮誤

(자연정하청련오)　　　임금 앞에 나간 것은 연꽃 잘못이었지

不是雲山固未深

(불시운산고미심)　　　구름과 산이 깊지 않은 탓은 아닐세.

<三國遺事(삼국유사 권5 避隱 緣會逃名 文殊岾)>

(89) 惠現讚(혜현찬)

塵尾傳經倦一場

(주미전경권일장)　불자(拂子) 흔들며 경전을 강(講)다가 잠시 싫증이 나

去年淸誦倚雲藏

(거년청송의운장)　　　그 맑은 소리 지난해에 구름 속에 숨었네.

風前靑史名流遠

(풍전청사명유원)　　바람에 실리듯 그 명성 당(唐)나라까지 전해지고

亡後紅蓮舌帶芳

(망후홍련설대방)　　입적 뒤 그의 혀는 붉은 연꽃 빛으로 굳어 석탑
　　　　　　　　　　　속에 꽃다이 간직되었네.

<三國遺事(삼국유사 권5 避隱 惠現求靜)>

(90) 信忠讚(신충찬)

功名未已鬢先霜
(공명미이빈선상)　　　　　　공명 다 이루지 못했는데 귀밑 털 쇠고

君寵雖多百歲忙
(군총수다백세망)　　　　　　왕의 은혜 많으나 백년인생 빨리 가네.

隔岸有山頻入夢
(격안유산빈입몽)　　　　　　언덕 너머 청산이 꿈속에 자주 들어

逝將香火祝吾皇
(서장향화축오황)　　　　　　거기 斷俗寺 세워 景德王의 복 빌었네.

<三國遺事(삼국유사 권5 避隱 信忠掛冠)>

(91) 包山二聖讚(포산이성찬, 觀機 · 道成 찬송)
　　　포산의 관기와 도성 찬양

相過踏月弄雲泉
(상과답월농운천)　　　　　　달빛 밝고 가며 좋은 경치 희롱하던

二老風流幾百年
(이로풍류기백년)　　　　　　관기와 도성 두 노승의 풍류 몇 백 년 전인가.

萬壑烟霞餘古木
(만학연하여고목)　　　　　　수많은 골에 안개와 노을 고목에 남아있고

偃昂寒影尙如迎
(언앙한영상여영)　　　바람에 흔들리는 솔 그림자 서로 맞이하는 듯하네.

<三國遺事(삼국유사 권5 避隱 包山二聖)>

(92) 永才讚(영재찬)

策杖歸山意轉深
(책장귀산의전심)　　　지팡이 짚고 산에 드는 그 뜻이 깊어

綺紈珠玉豈治心
(기환주옥기치심)　　　비단과 구슬로 어찌 마음 다스릴 것인가.

綠林君子休相贈
(녹림군자휴상증)　　　도둑들아, 그런 물건 영재께 줄 생각 말라

地獄無根只寸金
(지옥무근지촌금)　　　작은 재물로도 터무니없이 지옥 가니까.

<三國遺事(삼국유사 권5 避隱 永才遇賊)>

(93) 請轉法輪頌(청전법륜송) _崔行歸(최행귀?): 고려 문종 때 학자.

佛陁成道數難陳
(불타성도수난진)　　　부처의 성도 그 수를 헤아리기 어려우니

我願皆趨正覺因
(아원개추정각인)　　　내 소원은 모두 정각에 나아갈 인연이오이다.

甘露灑消煩惱熱
(감로쇄소번뇌열)　　　감로수 뿌려 번뇌의 열을 식히고

戒香薰滅罪愆塵
(계향훈멸죄건진)　　　계율의 향을 맡아 죄와 허물 티끌 가시오리다.

陪隨善友瞻慈室
(배수선우첨자실)　선우를 모시듯 따라 자실―인자함―을 우러러보고

勸請能人轉法輪

(권청능인전법륜)　　　　　능한 분을 권하여 법륜을 굴리오리.

雨寶遍沾沙界後

(우보편첨사계후)　　　　　보배의 비 내려 사바세계 두루 적신 뒤에는

更於何處有迷人

(갱어하처유미인)　　　　　어느 곳에 다시 혼미한 사람 있으리까.

(註) 均如大師의 '請轉法輪歌'를 漢譯한 작품으로 7律과 같으나 '頌'이라 제목을
붙였기로 여기 제4부에 실었음. 청전법륜가 풀이는 "저 넓은 법계 안의 법회에,
나는 또 나아가 法雨를 비옵니다. 無明土 깊이 묻어 번뇌 열로 달여 내매, 善芽
길지 못한 중생의 밭을 적시심이여, 아아 菩提(보리)의 온전한 覺月 밝은 가을 밭
이여"임.

(94) 翫珠歌 終聯(완주가) _염주의 노래 끝부분　懶翁(나옹): →(29) 偈.

也無死 也無生

(야무사 야무생)　　　　　죽음도 없고 삶도 없는데

常蹋毘盧頂上行

(상답비로정상행)　　　　　늘 비로자나불의 이마 위를 거니네.

收來放去隨時節

(수래방거수시절)　　　　　거두어들이고 놓아버림은 시절에 따르고

倒用橫拈骨格淸

(도용횡념골격청)　　　　　거꾸로 쓰고 옆으로 쥐어도 그 뼈대는 맑구나.

也無頭 也無尾

(야무두 야무미)　　　　　머리도 없고 꼬리도 없건만

起坐明明常不離

(기좌명명상불리)　　　서거나 앉거나 간 밝고 밝아 늘 떠나지 않고

盡力趕他他不去

(진력간타타불거)　　　온힘 다해 아무리 쫓아도 못내 가지를 않아

要尋知處不能知

(요심지처불능지)　　　알만한 곳 찾아보아야 알 수가 없구나.

阿呵呵 是何物

(아가가 시하물)　　　아하하 우습구나 이게 무엇일꼬

一二三四五六七

(일이삼사오륙칠)　　　하나 둘 셋 넷 다섯 여섯 일곱

數去飜來無有窮

(수거번래무유궁)　　　수도 없이 가고 와도 다함이 없네.

摩訶般若波羅蜜

(마하반야바라밀)　　　크게 도리를 꿰뚫는 지혜로 피안으로 가네.

(註) 獨白體의 歌頌으로 '百衲歌(백납가, 누더기 노래)', '枯髏歌(고루가, 해골의 노래)'와 함께 지은이의 三歌로 불린다. 모두 15 段落으로 각 단락은 6·7·7·7調 (3·3·7·7·7조)로 각 단락은 押韻이 되어있다. 위의 첫 단락을 보면 生, 行, 淸으로 평운 '庚'으로 압운이 되었다. 이 삼가는 소리내어 읊으면서 불교의 이치를 깨닫게 하는 불교음악이라 볼 수 있다.

제5부

漢詩關聯散文選

(一) 漢詩의 鑑賞眼

_文一平(문일평 1888~1936): 史學者. 호 湖岩. 平北 출신.

　시는 天才人의 생산물이다. 쓰기도 어렵거니와 알기도 또한 어렵다. 孟浩然이 唐代 대시인이로되 一字鼓推에 3일 苦吟을 하였으며 賈島는 '兩句三年得하니 一吟雙淚流라'고 하였었다. 이로 보면 시의 창작이 얼마나 곤란함을 짐작할 것이다. 그러나 시를 잘 쓰는 이가 반드시 시를 잘 아는 것이 아니니 이는 본래 시의 창작과 시의 감상이 전연 別物임으로써다. 창작 작가로서 자기 쓴 시에 대하여 스스로 愚劣은 分辨하지 못하는 예가 가끔 있다. 근대 한시 명가인 우리 金滄江(김택영)도 그 吟 芍藥 시에 '游香生午寂 豊露泛晨凉', 이 聯句는 일찍 雲養翁으로 하여금 唐宋人의 口氣가 있다고 三嘆케 힘 바이지만 창강은 이 안쪽 '游香生午寂'의 '游香生' 3자를 고쳐 '香風游午寂'으로 하였다. 그러면 初作의 '游香生午寂'과 서로 對照할 때 그 후 改作인 '香風游云云'이 도리어 欲巧反拙의 譏를 면하기 어렵다고 누구나 말하는 바다. 이는 겨우 일례에 지나지 못하나 자기의 시라도 鑑賞이란 이렇게 곤란한 것이다. 타인의 시에 이르러서는 嗜好와 趣向을 따라 10인 10색으로 제각기 취하는 바 같지 아니하다.

이를테면 甲은 이것을 좋다고 취하는데 乙은 저것을 좋다고 취한다. 어떤 때는 이들의 所取가 전연 相反이 되기도 하니 누가 그 是非를 잘 알겠는가. 古今大家로 일컫는 시인들 중에도 동일한 詩句에 대하여 그 褒貶을 달리한 것이 있다.

陶淵明 시의 '欣然酌春酒 摘我園中蔬 微雨從東來 好風與之俱', 이것은 우리 半島가 낳은 詩聖 李益齋(名 齊賢)의 평생 愛誦하던 名句이었는데 明國 대시인 李攀龍은 그의 手選한 도연명의 시구에 圈點을 그릴 때 오직 이 '欣然酌春酒' 이하 數句에 이르러서는 도무지 권점 하나도 그리지 않았다. 그러나 이반룡이 도연명 시에 대한 鑑賞眼의 부족으로 그리된 것이라 하면 그는 얼마큼 語弊가 있다. 우리 益齋의 애송하는 그 명구를 반룡은 애송하지 아니한 差가 있을 뿐이니 이는 그 개인의 기호취향의 관계라고 해석하는 것이 차라리 정당할 것 같다. 이 밖에도 이 비슷한 實例를 또 하나 들면 蘇東坡의 海棠 시에 '朱脣得酒暈生肉 翠袖捲紗綠映肌'란 것이 있다. 우리 成宗盛時의 漢詩大家인 徐四佳(名 居正)는 동파의 이 海棠詩句를 극구 推稱하였다. 그러나 이로부터 2백년 후에 와서 淸朝 乾隆詩壇을 울리던 袁倉山(名 校)은 그 隨園詩話에 동파 해당시의 이 兩句를 특히 惡詩라고 평하였다. 그러면 이것이 과연 원창산의 말과 같이 악시인가. 만일 그렇다면 혹은 우리 서 사가의 批判이 잘못된 것인가. 사가가 이 말을 듣게 되면 九泉下에서 반드시 수긍하지 아니하리라. 이것도 上述한 陶詩에서와 마찬가지로 서 사가와 원 창산의 보는 점이 같지 않은 데 돌릴 수밖에 없다.

한시 대표적 2대 시인인 李太白, 杜子美도 그 견해와 취향이 같지 아니하므로 李는 도연명 시를 愛好함에 반하여 杜는 도연명 시를 애호하지 아니하였다. 그러나 도연명의 沖澹淸遠한 田園詩趣가 飄逸脫灑한 詩仙 太白에게는 暗合하는 바 있으나 沉痛悲壯한 詩聖 子美에게는 相通

하지 못하는 때문으로 그러한 것이지 결코 도연명의 시가 변변치 못하다고 할 수 없다. 물론 詩에 객관적으로 아주 잘하고 아주 잘 못한 極優極劣이 一目瞭然한 것도 있지만 여기 내가 말한 것은 어느 수준 이상에 달한 作家와 批評家에 한한 것이다. 옛사람이 말하되 詩의 好惡는 色과 같으며 各人이 各樣이라고 하였거니와 나는 食性과 같아 각인이 각양이라고 하고 싶다.

<銷夏漫筆(소하만필)>

(二) 破閑集(파한집)

　_李仁老(이인로 1152~1220): 고려 명종 때 학자. 호 雙明齋.

　평양 영명사 남쪽의 누각 부근은 천하 절경인데 본디 홍상인(興上人)이 창건했다. 남으로는 대동강에 이르고 강 건너에는 넓은 들판이 아스라해 끝이 보이지 않는다.

　옛날 예종 임금님이 서쪽으로 순행하다가 뭇 신하들과 잔치를 베풀고 시를 주고받으니, 시편이 무척 많아 금석에 새기고 관악에 실어 전파시켜 악부로 전해지지 않음이 없었다. 내 조부이신 평장사 이오(李䫨)께서 마침 옥당에 게셨으므로 임금을 모시고 오르셨다가 '부벽료(浮碧寮)'라는 이름을 짓고 시를 지어 그 자초지종을 매우 자세하게 서술하셨다.

　평양 부벽루 산천 기세가 중국 척서정(滌暑亭)과 우열을 다투지만, 수려하기는 그것보다 훨씬 더하다. 학사 김황원(金黃元)이 평양에 절도사로 있다가 여기에 올라 이방들에게 명하기를 "고금 명현들이 남겨놓은 시 현판을 모두 떼어 불살라라." 하고, 난간에 기대어 뜻대로 읊조리려 했는데, 해가 기울어서야, 달 아래 울어대는 잔나비 소리처럼 오직 한 연을 지었는데, "긴 성 한쪽에는 치렁치렁 강물이요, 너른 들 동쪽 끝에는 무더기무더기 산이라(長城一面溶溶水 大野東頭點點山)" 하고는 생각이 막혀 더는 시를 잇지 못하고 통곡하며 내려왔다. 며칠 뒤에 한 편의 시를 이룰 수가 있어 지금까지 절창이라 한다. 당시 사람들이 "옛날 송옥(宋玉)이 가을 날씨를 서러워했다 들었는데 오늘날은 김황원이 석양을 통곡한 것을 보았다."고들 했다.

<原文 省略>

(三) 桃花依舊笑春風(도화의구소춘풍)

_孟棨(맹계): 唐 시인. 저서 '本事詩(1권)'.

박릉 사람 최호는 타고난 바탕이 훌륭하며 아주 깨끗하여 남과 잘 어울리지 않았는데, 진사 과거에 낙방했다. 청명 날 혼자 도성의 남쪽을 유람하다가 넓게 담을 두른 집에 꽃나무가 무더기 졌으나 사람이 없는 듯했다.

대문을 두드린 얼마 뒤 여인이 문틈으로 내다보며 "누구시냐?" 하여 이름을 대고 "혼자 봄을 찾아 나섰다가 갈증이 나 물을 얻어 마시고 싶소." 했다. 여인이 물그릇을 들고 나와 문을 열고 자리를 마련해 앉으시라 하고는 복숭아 꽃 늘어진 가지 곁에 서서 도탑게 마음 쏠리는 듯했다.

여인은 곱고 요염한 모습이었다. 최호는 유혹하는 말을 했으나 상대하지 않으며 눈으로 오래 바라볼 뿐이었다. 최호가 가겠다 하니 대문에서 바래주며 정을 이기지 못하는 듯했다. 최호도 뒤돌아보며 돌아왔다.

　그 뒤로 가지 못하다가, 이듬해 청명에 문득 생각나서 그 집에 가보니, 대문이나 담장은 예 그대로인데 대문은 잠겼었다. 최호는 대문 왼편문짝에 "지난해 오늘 이 문안에서 사람 얼굴과 복사꽃이 서로 비치어 불그레했는데, 그 때 그 사람은 지금 어디 갔는고. 복사꽃은 예대로 봄바람에 하늘거리건만" 하고 시를 지어 써두었다.

　며칠 뒤 우연히 다시 찾아가니 집안에서 곡성이 들려 대문을 두드리니, 노인이 나와 "그대가 최호 아닌가?", "그렇소." 하니 또 울며 "네가 내 딸을 죽였다." 하매, 최호가 놀라 물으니 노인이 "내 딸은 시집갈 나이로 글을 알며 아직 시집가지 않았네. 작년 이후 늘 무엇을 잃은 듯 정신이 흐리멍덩해지더니, 요즈음 나들이 갔다가 돌아오며 대문의 시를 읽고는 들어와 병을 얻어 음식을 먹지 않은지 며칠 뒤 죽었네. 나는 늙어 딸이 남편을 얻으면 의탁하려 했는데 불행히 죽었으니, 이게 그대가 죽인 게 아니고 무언가!" 하고 또 울었다.

　최호도 깊이 느껴 들어가 보니 죽은 여인이 아직도 평상에 눕혀 있는지라, 최호가 그 머리를 젖히고 다리에 엎드려 울며 "나 여기 있소, 나 여기 있소." 하니 잠깐 뒤 여인이 눈을 뜨고 반나절만에 다시 살아나, 노인이 크게 기뻐하며 최호에게 딸을 시집보내더라.

<原文>

博陵崔護 姿質甚美 而孤潔寡合 擧進士下第 清明日 獨遊都城南 得居人莊. 一畝之宮 而花木叢萃 寂若無人. 叩門久之 有女子 自門隙窺之 問曰 "誰耶" 以姓字對曰 "尋春獨行 酒渴求飮" 女以杯水至 開門設牀命坐 獨倚小桃斜柯佇立 而意屬殊厚 妖姿美態 綽有餘姸. 崔以言挑之 不對 目注者久之. 崔辭去 送至門 如不勝情而入. 崔亦睠盼而歸. 嗣後絶不復至. 及來歲清明日 忽思之 情不可抑. 逕往尋之 門墻如故 而已鎖扃之. 因題詩於左扉曰 '去年今日此門中　人面桃花相映紅　人面不知何處去　桃花依舊笑春

風' 後數日 偶至都城南 復往尋之 聞其中有哭聲. 叩門問之 有老父 出曰 "君非崔護耶" 曰 "是也" 又哭曰 "君殺吾女" 護驚起 莫知所答. 老父曰 "吾 女笄年知書 未適人. 自去年以來 常恍惚若有所失. 此日與之出. 及歸 見左 扉有字. 讀之 入門而病 遂絶食數日而死. 吾老矣. 此女所以不嫁者 將求君 子以託吾身. 今不幸而殞. 得非君殺之也" 又特大哭. 崔亦感動 請入哭之. 尙儼然在牀. 崔擧其首 枕其股 哭而祝曰 "某在斯 某在斯" 須臾開目 半日 復活矣. 父大喜 遂以女歸之. ＜本事詩＞

(註) *寡合: 남과 잘 맞지 않음. *宮: 담장. *設牀: 자리를 마련함. *意屬: 생각이 쏠림. *睠盼(권반, 권변): 뒤돌아봄. *嗣後: 이후. *恍惚: 정신이 흐리멍덩해짐.

(四) 漂麥(표맥) _李丙疇(이병주 1921~2009): 국학자, 한문학자. 호 石田.

어느 고을에 글만 아는 송 생원이 살았다. 과거를 했으면 궁상은 면 했으련만 백면서생이고 보니 집안 형편이 말이 아니었다. 가난에 지친 아내는 糊口를 위한 풋바심을 마당에 널어놓은 채 낫을 들고 뒷밭에 나 가며 남편에게 "이봐요, 이 보리 멍석 좀 보세요." 이미 짜증도 소용없 고 그저 담담한 간청이었다. 한편 쪼그리고 앉아 글을 읽는 송 생원도 다만 끄덕였을 뿐이었다.

얼마 후 느닷없이 비를 몰고 오는 먹구름이 이엉을 갈아 잇지 못해 골이 생긴 지붕을 속절없이 스쳤다. 세차게 내린 소낙비는 도랑에 넘치 고 마당이 패었다. 그러나 글에 골몰한 송 생원은 이를 까맣게 모른 채 흥에 겨워 글만 외었다. 흙탕물이 그들의 생명인 보리멍석을 피할 리 없다.

비를 흠뻑 맞은 아낙은 발걸음을 재촉했다. 급기야 "하느님 맙소사"

의 땅을 치는 울부짖음과 함께 아낙은 주저앉았다. 풋바심에 보리는커녕 멍석이 개천에 궁글려져 있어서였다. 송 생원은 여전히 글만 읽고 있는데 어찌하랴.

이를 글 제목으로 하는 방이 나붙자 한 서생이 서슴없이 붓을 잡고,

"논두렁의 허사비도 새를 쫓는데(偶人立壟毆鳥隊), 글만 아는 서방님은 그만도 못해(猶勝書生坐無聊)"로 선장을 했다. 딴은 글이 안 된 것은 아니다. 그러나 정감이 어린 아취가 없어 시로써 以詩代意의 기풍이 모자랐다. (…) 옆에 앉았던 접장이 나무라며, "콩과 보리도 못 가리는 서방님(菽麥不辨郞人事), 그를 믿고 집을 보라 한 내가 잘못이지(專信看家妾自責)"이란 걸작을 엮어 내었다. 그야말로 자기의 생각으로써 속마음을 거슬리는 以意逆志의 헤아림이 글 밖에 은은하다. (…)

<現代文學 1961. 4월호 '詩話三題'>

(五) 東人詩話(동인시화)

_徐居正(서거정 1420~1488): 조선초 대학자. 호 四佳亭.

문창후 최치원은 당나라에 들어가서 빈공과에 급제해 문장으로 이름이 났다. '題潤州慈和寺' 시에 "바라소리 가운데에 아침저녁 메아리가 지고, 청산 그림자 속에 고금 사람이라(畫角聲中朝暮浪 靑山影裏古今人)"는 구절이 있으니, 뒤에 신라 장사꾼이 당나라에 들어가서 시를 삼에, 이 구절을 써서 보여주는 이가 있었다. 학사 박인량의 '題涇州龍朔寺' 시에서 "등불은 반딧불처럼 오솔길을 밝히고, 사다리 길은 무지개처럼 바위 문에 걸려 있다(燈撼螢光明鳥道 梯回虹影落岩局)"라든가, 참정 박인량의 '使宋過泗州龜山寺' 시에서 "탑 그림자가 강물에 거꾸로

져 옷 아래 번득이고, 풍경소리 달을 흔들어 구름 사이에 진다. 문 앞의 나그네가 탄 배는 빠른 물살을 저어가고, 대숲 아래에서 스님네는 대낮에 한가로이 바둑을 두네(塔影倒江翻衣底 磬聲搖月落雲間 門前客棹洪濤疾 竹下僧棋白日閑)"의 구절이 있으니, 祝穆(축목)의 '方輿勝覽'에 모두 실려있어, 우리나라 사람이 시로써 중국에 이름을 날리게 된 것은, 이 세 분으로부터 비롯된 것이며 글이 넉넉히 나라를 빛냄이 이와 같았다. 당나라 때에 고려의 사신이 바다를 건너면서 지은 시가 있는데, 이르기를 "물새는 떠올랐다가 다시 가라앉고, 산의 구름은 끊어졌다가 다시 이어지네(水鳥復還沒 山雲斷復連)"라고 하니, 가도가 거짓 뱃사공이 되어 이어받아 아래 구에 이르기를 "누가 물결 아래 달을 뚫고, 배는 물 가운데의 하늘을 짓누른다(棹穿波底月 船壓水中天)"고 하니 고려의 사신이 멋지다고 탄복했었다. 세상에 전하기를 고려 사신은 문창후 최치원이라고 하나, 내가 생각하건대 문창후는 당나라에 들어가서 고병의 서기가 됐으니 가도와는 같은 시대가 아니다. 어떤 사람은 학사 고운이 문창후를 배웅하면서 지은 시에 "배를 타고 바다를 건너다(乘船渡海)"는 말이 있어서 이러한 잘못이 생긴 듯하다.

명나라 태조 홍무 연간에 도은 이숭인이 사신이 되어 금릉에 갔다가 양주로 가는 배 안에서 두 글귀를 지었는데 "석양은 뜬구름 밖이요 산은 넓은 들 가에 있네(落照浮雲外 殘山大野頭)"고 했으니, 뱃사공이 등을 어루만지면서 탄복하여 이르기를 "이 선비야말로 함께 시를 말할 수 있다."고 하면서 곧 붓을 잡아 써 내려가니 이 뱃사공과 같은 이가 또한 가도와 같은 무리가 아닐지 어찌 알랴. 그 시를 얻어 볼 수 없는 것이 한스러울 뿐이다. 사간 진화의 시에 "비온 뒤에 뜰에는 이끼가 돋고, 인적 없어 사립은 낮에도 열지 않네. 푸른 섬돌에 꽃잎이 한 치나 쌓였고, 봄 바람은 이리 불고 저리 부누나(雨餘庭院簇莓笞 人靜柴扉晝不開 碧砌落

花深一寸 東風吹去又吹來)"고 했다. 비평하는 이가 말하기를 "떨어진 꽃잎을 한 치의 깊이라고 말한 것은 밭을 갈아놓은 밭고랑 같다."고 했는데, 내가 말하기를 "趙退庵의 시에 '부들(청포)이 푸르듯 버들 빛이 짙은데, 올해 한식은 지난해와 같은 마음, 취하여 왔으니 고달픔을 모두 잊고, 길 위에 날리는 꽃잎 무릎까지 묻히겠네(蒲色靑靑柳色深 今年寒食去年心 醉來不記關河夢 路上飛花一膝深)'라고 했으니 무릎까지 묻히면 곧 한 자보다 더 깊은 것이리라."라고 했다.

하물며 이백의 시에 "연산의 눈송이는 방석만큼 크다(燕山雪片大如席)"고 한 것이나, 또 "흰 머리털이 삼천 길이라(白髮三千丈)"는 것과, 소식의 시에 "큰 고치가 동이만 하다(大繭如甕盎)"는 것이 있으니, 이는 시어가 시상을 해치는 것이 아니고 다만 그 뜻에 마땅할 뿐이다. 요즈음 송나라 때 스님들의 시문집인 '甘露集'을 얻어 보니, 이는 송나라 스님의 시였다. 그 시에 이르기를 "녹음 짙은 깊은 뜰에 봄 낮인 긴데, 푸른 섬돌에 떨어진 꽃잎이 한 치나 쌓였네(綠楊深陣春晝永 碧砌落花深一寸)"이라 한 것은 사간 진화의 시와 더불어 한 자도 다른 것이 없으니, 옛사람도 또한 이같이 나타낸 말이 있었다.

부벽루 뒤의 산봉우리를 모란봉이라고 하니 고려 때 임금께서 이 봉우리에 납시어 시를 지어 이르기를 "북두칠성은 삼사점이라(東斗七星三四點)" 하니, 한 선비가 앞으로 나아가 대구로 아뢰기를 "남산의 만수는 천년이 열이라(南山萬壽十千秋)" 했다. 왕이 대단히 기이하게 여겨 장원으로 뽑았다. 三과 四는 일곱이요, 千이 열이면 만이라 짝맞춤이 적절하다 하겠다.

동안거사 이승휴의 '詠雲' 시에 "한 조각이 잠깐 새에 땅위에서 생기더니, 금방 동서남북으로 멋대로 오락가락, 소나기로 되어 마른 가지 살리랬더니, 속절없이 하늘 한가운데서 해와 달의 밝음만 가리네(一

片終從泥上生 東西南北便縱橫 謂爲霖雨蘇群槁 空掩中天日月明)"라고 하여 자못 기롱하고 풍자하는 뜻을 담고 있다.<編輯者註: 東文選에는 鄭可臣 지음으로 수록되어 있음> 이승휴는 충렬왕 때에 벼슬하여 어사가 되었다가 말썽이 생겨 벼슬자리에서 물러나 지리산에 살면서 평생 벼슬을 하지 않았다.<註: 이승휴는 강원도 삼척 頭陀山에 은거했음> 대개 구름이 해와 달을 가린다는 것은 뭇 소인배가 임금의 총명을 가린 모습을 비유한 것이다. 내 일찍이 송의 詩僧인 奉忠의 '贈章惇夏雲' 시를 보니 "봉우리도 같고 불꽃도 같고 솜 같기도 하더니, 가는 그늘 지우며 날다가 난간 앞에 지네. 땅위의 생명들이 말라죽으려 할 즈음에, 소나기는 되지 않고 하늘만 가리다니(如峰如火復如綿 飛過微隱落檻前 大地生靈乾欲死 不成霖雨謾遮天)"라 했다. 이승휴의 시는 실로 봉충 스님의 시를 본으로 삼았으나, 시어의 뜻이 모두 원만하니 옛사람이 말한 바, 먼저 말한 것이 뒤에 지은 것보다 반드시 슬겁다는 것을 믿을 만하다.

당나라 시에 "아늑한 규방에 젊은 부인은 시름을 모르다가, 봄날 화장을 하고 단청 입힌 다락에 올랐네. 덧없이 긴 머리 푸른 바들 빛을 보고서야, 벼슬자리 얻으러 남편을 보낸 것이 후회스럽네(函閨少婦不知愁 春日凝粧上翠樓 忽見陌頭楊柳色 悔敎夫壻覓封侯)"라고 했다<註: 王昌齡의 '閨怨' 시임>. 예나 이제나 좋은 시로 여겼다. 일찍이 高兆基의 '寄遠' 시를 보니 "비단실로 시를 새겨 남편에게 보내며, 그대에게 권하나니 진중히 몸 보호하소. 벼슬길은 이 바로 사나이의 일, 오랑캐를 쳐부수지 않고는 돌아오지 않으리라(錦字裁成寄玉關 勸君珍重好加餐 封侯自是男兒事 不斬樓蘭未擬還)"고 하였다. 당나라의 시가 비록 좋으나, 남편을 염려하는 속마음을 그려낸 데에 지나지 못한다. 남편을 사랑하는 것이 도탑지마는, 시의 정과 뜻이 가까이 지내는 사사로운 일 뿐이다. 고조기의 시는 짜임새는 당나라 시에 미치지 못함이 아주 멀다. 그러나 그리워하는 깊은 생각을 먼저 편지로 도탑게 하고, 이어 변방에서 지키는 일을 신중히 하고 음식을 삼가라고 해서 마침내 공명과 사업의 번창함을 권면했으니, 가까이 지내는 사사로움에 이르는 말은 한 마디도 없고 은연중에 '詩經 國風'의 끼친 뜻이 있으니, 가히 공교롭고 거칠다는 것만 가지고 논할 수 있겠는가.

재상 이규보의 시에 "대자리 홑적삼에 시원한 마루, 꾀꼬리 울어 싸서 꿈을 깨워라. 뷘 잎에 가려진 꽃 늦도록 남고, 뜬구름에 새는 햇살 비 속에 맑아(輕衫小簟臥風欞 夢斷啼鶯三兩聲 密葉翳花春後在 薄雲漏日雨中明)"라는 구가 있고, 사간 진화의 시에 "옥매화 하마 지고 실버들 친친, 봄바람 한가롭다 느린 발걸음. 주막은 닫혔는데 속삭임 새나고, 앞강의 보슬비 실오리 같네(小梅零落柳傲垂 閑踏淸嵐步步遲 漁店閉門人語少 一江春雨碧絲絲)"가 있다. 두 분의 시가 다 맑고 새롭고 신비롭고 아늑해서 한가하고 먼 맛이 있다. 시의 품과 운의 격조(品藻韻格)가 다 한 솜씨에서 나왔다. 비록 비평을 잘하는 이라 하더라도 쉽게 등급을 매길 수가 없겠다. 益齋 李齊賢의 '山中雪夜' 시에 "종이 이불에 추위가 파고들며 절의 등불은 어두운데, 어린 수도승은 한밤에 종을 울리지 않네. 잠 잔 나그네가 꾸짖으러 새벽에 문을 여니, 다만 보이는 건 바위 앞에 눈에 눌린 소나부(紙被生寒佛燈暗 沙彌一夜不鳴鍾 應嗔宿客開門早 要看巖前雪壓松)"라 했다. 능히 절의 눈 온 밤의 기이한 정취를 그려 냈으니, 읽으면 사람으로 하여금 시원하고 맑은 기운이 입안에 가득하게 한다. 拙翁 崔瀣가 일찍이 말하기를 "이제현이 평생 닦은 시의 재주가 이 시에 다 들어있다(益老平生詩法 盡在此詩)"고 했다.

<李丙疇 교양의 고전 세계>

(六) 田琦(전 기)

_趙熙龍(조희룡 1789~1866): 조선 후기 시인, 화가. 호 壺山.

전기의 자는 위공(瑋公), 호는 고람(古藍)이다. 인물이 헌걸 차고 **빼어**났으며 그윽한 정취와 예스러운 운치가 왕성하여 진당(晉唐) 시대의 그림 속 인물 같았다.

그림을 잘 그렸으니, 산수 연운(山水烟雲)을 그리면 그 소료간결(蕭寥簡潔)한 필치가 문득 원나라 때 그림의 묘경에 들어간다. 그의 그림의 의사는 우연히 그 경지에 도달한 것이니 원(元)을 배우지 않았으나 원나라 남화(南畵)의 묘경에 들어간 것이다.

그가 시를 지으면 기이하고 깊은 맛이 있었으니 대개 남이 말한 것은 말하지 않았다. 그의 안목과 필력은 압록강 동쪽에 국한되어 있지 않았다. 나이 겨우 30세에 병졸하였다.

호산거사(壺山居士)는 말한다. "고람의 시는 다만 당세에 짝이 적을 뿐 아니라 상하 백년을 가지고 논할 만하다."

작년 가을에 내가 남쪽으로 내려갈 때 나를 찾아와서 서로 헤어지는 것을 못내 아쉬워하는 뜻을 보이더니, 어찌 뜻하였으랴 이것이 마침내 천고의 영결이 될 줄이야!

남쪽으로 오초당(梧草堂)에 가서 고람의 매화서옥도(梅花書屋圖)를 보니 그림 위에 화제삼절(畵題三絶)이 있었다.

"평생에 매화결을 알지 못하여, 가슴속 모나게 얽힌 마음 괴로워 편치 않더니, 홀로 부옹(涪翁, 宋의 黃庭堅)을 향하여 묘리에 참여하여, 오싹 차가운 맑은 새벽에 고산(孤山, 宋의 林逋)에 이르네(平生不識梅花訣 胸裏槎牙苦未平 獨向涪翁參妙理 嫩寒淸曉到孤山)" "묵즙을 휘몰아 초서를 쓰는데, 반드시 철권에 주필을 기다리지 않네. 가물거리는 짧은 촛불 갈대 주렴 밑에서, 동갱산의 매화 눈처럼 지는 꿈을 꾼다(墨汁縱橫當草書 不須珠筆鐵圈於 幢幢短燭蘆簾底 夢落銅坑雪霽初)” “푸른 오얏 머리 가지런히 온 나무가 봄인데, 오형의 아름다운 글귀 맑고 새로움 다투네. 나지막한 병풍 둘러치고 신시의 경지에 머무를 때, ‘순첨색소인[처마를 돌며 웃는 사람을 찾음 ― 매화의 고운 모습을 찾는 마음]’ 읊은 두자미를 생각하는가(靑李齊頭一樹春 五兄佳句鬪淸新 短屛圍住新詩境 憶否巡檐索笑人).”

돌아보건대 70 노인인 내가 30 소년의 일을 쓰는 것을 옛사람의 일을 쓰는 것처럼 하게 되었으니, 이 일을 차마 어찌 견딜 수 있단 말인가. 이에 절구 한 수로써 통곡한다. “티끌 세상의 남은 부채가 뜻이 전혀 외롭기만 하네. 비록 토양이란 것이 심정이 없는 물건이라 한들, 과연 이 사람의 열 손가락을 썩혀 없앴단 말인가(自子遽爲千古客 塵寰餘債意全孤 雖云土壤無情物 果朽斯人十指無)”

<南晩星역 壺山外史>

(七) 西浦漫筆(서포만필)

_金萬重(김만중 1637~1692): 조선 숙종 때 문학자. 호 西浦.

신라 진덕여왕이 비단에 짜서 넣은 송덕시 ‘致唐太平頌(치당태평송)’은 그 전편이 격식에 맞고 아름다워, 전혀 변방민족의 기색이 없다보니 그 뒤 우리나라의 글이 이 같은 수준이 될 수 없을까 두렵다. 아니 황금으로써도 중국 사람에게서 살 수 없을까. 그렇지 않으면 서현비(徐賢妃)의 버금일 뿐이다.

백사 이항복(白沙 李恒福)이 북청에 귀양을 가다가 철령을 지나갈 때

"鐵嶺 높은 峯에 쉬어 넘는 저 구름아, 孤臣冤淚를 비 삼아 띄어다가, 님 계신 九重深處에 뿌려볼까 하노라"라는 노래(시조)를 지었는데, '버림 받은 신하의 원통한 눈물을 비 삼아 띄어다가 구중궁궐에 가서 뿌려주려무나'의 어구였다. 하루는 광해군이 대궐 뒤뜰에서 잔치를 벌이고 노시는데, 대궐 기녀 중에서 이 노래를 부르는 이가 있으니, 임금이 "이는 새로운 소리로다. 어디서 배웠느냐?" 하니, 대답하기를 "요즘 전해오는 노래에 이르기를 이것은 李某(이항복)의 지은 바라고 하더이다."고 아뢰니, 임금이 이 노래를 다시 부르게 시키시고 슬픈 기색을 띄워 눈물을 흘리셨으니, 시가 사람을 감동시킬 수 있음이 이와 같다. 그러나 광해군 같은 이에게는 또한 어찌 좋은 일을 한 것이라 할 수 있겠는가. 정금남이 이항복을 따라 북청에 가서 이항복의 귀양살이 중의 일을 모두 자세히 기록하니, 이 노인의 중국의 회수와 바다와 같은 기상은 후인들이 오히려 상상해 볼 수 있는 바다. 요즘 공의 자손이 호방함이 지나친 것을 싫어하여, 선비의 기상과 같지 않다고 깎아버리고 고친 바가 많이 있다고들 하니 또한 가탄할 일이다.

<原文>

新羅眞德 織錦頌德詩 全篇典雅 絶無夷裔氣. 爾時 三韓文字 恐不能如此. 無乃以金 購於華人耶. 不然 則徐賢妃之流亞也.

白沙李公之竄北青 行過鐵嶺 作'鐵嶺宿雲'詞. 有帶得孤臣冤淚作行雨 往灑九重宮闕之語. 一日 光海主 遊宴後庭 宮娥有唱是詞者. 主曰 大比是新聲 何處得來. 對曰 都下傳唱 云是李某所作. 主使之復歌 悽然泣下 詩之能感人如此. 然若光海者 亦豈不可與爲善哉. 鄭錦南 從李公于北 記公謫中事甚悉 此老淮海之氣 後人 猶可想見也. 此聞公之子孫 嫌其過於豪放 不似儒者氣像 多有所刪改云 亦可歎也.

致唐太平頌: 大唐開鴻業 巍巍皇猷昌. 止戈戎衣定 修文繼百王. 統天崇雨施 理物體
含章. 深仁諧日月 撫運邁時康. 燔旗旣赫赫 鉦鼓何煌煌. 外夷違命者 剪覆被天殃.
淳風擬幽顯 遐邇競呈祥. 四時和玉燭 七曜巡萬方. 維嶽降宰輔 維帝任忠良. 五三咸
一德 昭我皇家唐.

(八) 避暑錄(피서록)

_朴趾源(박지원 1737~1805): 조선 후기 학자. 호 燕岩.

심분(沈汾)의 '속신선전(續神仙傳)'에 이르기를 "신라의 빈공진사 김
가기(賓貢進士 金可紀)가 신선이 되었다."고 하였는데, 장효표(章孝標)
의 '송김가기귀신라(送金可紀歸新羅)' 시에

　　　登唐科第語唐音(등당과제어당음)
　　　望日初生憶故林(망일초생억고림)
　　　風高一葉飛魚背(풍고일엽비어배)
　　　湖淨三山出海心(호정삼산출해심)
　　　당나라에 과거 하여 말소리도 당을 닮아
　　　해 뜨는 걸 바라보다 고국 생각 처음 났다네.
　　　조각배에 바람 잘 불어 고래 등을 탄 듯
　　　호수처럼 맑은 바다 저쪽에 삼신산이 솟아나는구나.

라 했으니, 가기가 본국으로 돌아온 것은 명확한 일이다.

　그런데 '속신선전'에는

　"가기가 종남삼(終南山) 자오곡(子午谷)에 살고 있더니, 그 뒤 3년 만
에 뱃길로 본국에 돌아갔다가 다시 와서 도복(道服)을 입고 종남산에

들어가 음덕(陰德)을 힘써 행하더니, 당의 대중(大中) 11년 12월에 별안간 표문(表文)을 올리되 '신이 옥황(玉皇)님의 조서를 받자와 명년 2월 스무 닷새 날에 마땅히 하늘에 오르겠나이다'라 했다. 선종(宣宗)이 이를 이상히 여겨서 궁녀 네 명과 향약(香藥)과 금채(金綵)를 하사하고, 또 중사(中使) 두 사람을 보내어 엎드려 모셨더니, 그 날이 이르매 과연 채색구름과 난새와 학과 적소(笛簫)와 금과 돌과 깃 일산과 깃발들이 공중에 가득하더니, 그는 학을 타고 승천하는지라, 조사(朝士)나 서민을 나눌 것 없이 구경하는 이가 산골짜기에 모여서 누구나 우러러 탄식하며 이상하게 여기지 않는 이가 없었다"

하였고,

한무외(韓无畏)의 '전도록(傳道錄)'에는 또

"김가기가 최승우(崔承祐)와 중 자혜(慈惠)로 더불어 신원지(申元之)를 좇아서 도술을 배우더니, 종리 장군(鍾離將軍)과 지선 이백(地仙 李白)의 무리를 만났다"

고 일렀으나, 이는 아마 부회(傅會)한 이야기인 듯 싶다.

<熱河日記>

(九) 申紫霞詩集序(신자하시집서) 자하 申緯 시집 서문

_金澤榮(김택영 1850~1927): 韓末 儒學者, 文學家. 호 滄江.

우리나라의 시는 고려 익재 李齊賢으로 종주로 삼고, 조선 선조와 인조 사이에 작가가 이어 나와 가장 성했으니 오봉 李好閔, 오산 車天輅, 옥봉 白光勳, 許蘭雪軒, 석주 權韠, 청음 金尙憲, 동명 鄭斗卿 등 여러분이 있어, 대개 모두가 풍성 웅장하고 고고 화려함의 취향이 있었다. 영조 이후로는 詩風이 한결 변하여 혜환 李用休, 금대 李家煥 父子와 형암 李德懋, 영재 柳得恭, 초정 朴齊家, 강산 李書九와 같은 분들이 혹 기이 야릇함을 주로 삼고 혹 尖新함을 위주로 하니, 그 한 세대의 오르내림 의 자취가 옛날에 비하면 오히려 盛唐과 晩唐이라 하리라.

자하 신위 공의 출현이 바로 이서구 등 여러 작가의 뒤를 이어 詩書 畫의 三絶로 천하에 드날리고, 그의 시는 소자첨 軾을 스승으로 삼으며 한편으로는 서릉, 마힐 王維, 무관 陸游 사이를 넘나들어 그 깨치어 사 무침이 빛나고 그 내달리고 돌진함이 쏜살같이 날래었다. 곱기도 하고 소박하기도 하며, 환상적이기도 하고 진실하기도 하며, 옹졸하기도 하 고 호방하기도 하며, 평평하기도 하고 험악하기도 해서, 온갖 정과 만 가지 형상을 뜻에 따라 두루 뭉치어, 살아 움직이게 하지 않음이 없어 서 눈앞에 빽빽이 늘어선 것 같으니, 읽는 이로 하여금 눈이 어지럽고 정신이 도취되어, 온갖 춤사위가 펼쳐지고 온갖 맛이 짙으니, 가히 세 상에 드문 기이한 재주 갖추었고, 한 세상의 지극한 변화를 다하여 훨 훨 나는 것이 늘그막의 大家라 하겠다.

그러나, 살펴 말한다면 문장이란 기운의 발로이니, 氣는 물과 같고 文은 그 물에 뜬 물건과 같아, 기가 모자라면서 문을 거느리려 하면 곧 부족한물이 물건을 뜨게 하지 못해 그 물건은 가라앉아 앞뒤가 끊어지 기에 이른다. 그러므로 蘇東坡의 시는 정밀하지 못함이 많지만 사람들 이 그 거칢을 알지 못하는 것은 기운이 성하기 때문으로, 뒤에 소동파 를 배우는 사람은 그 기운이 미치지 못해서이다. 그러므로 정밀함과 그 렇지 못함을 밝혀내어야 소동파에 이를 것이다.

<原文>

吾東之詩 以高麗李益齋爲宗 以本朝宣仁之間 繼而作者最盛 有李五峰, 車五山, 白玉峰, 許夫人, 權石洲, 金淸陰, 鄭東溟諸家 大抵皆主豊雄高華

之趣 自英廟以下 則風氣一變 如李惠寶 錦垈父子 李炯庵, 柳泠齋, 朴楚
亭, 李薑山之倫 或主奇詭 或主尖新 其一代升降之跡 方之古 則猶盛晚唐
焉. 申公之生 直接薑山諸家之踵 以詩畫書三絶 聞於天下 而其詩 以蘇子
瞻爲師 傍出入于徐陵, 王摩詰, 陸務觀之間 瑩瑩乎其悟徹也 焱焱乎其馳
突也 能艷能野 能幻能實 能拙能豪 能平能險 千情萬狀 隨意牢籠 無不活
動 森在目前 使讀者 目眩神醉 如萬舞之方張 五齊之方醵 可謂具曠世之
奇才窮一代之極變 而翩翩乎其衰晚之大家者矣. 然嘗竊論之 文章者 氣之
發也 氣猶水也 文猶浮物也. 氣不足以御文 則猶水之小者 不能勝物 而至
於沈膠橫決. 故子瞻之詩 多有粗者 而人不知其粗者 氣盛故也 後之學子瞻
者 其氣不及. 故其弊大率多粗 此明未至於子瞻者 宜精而不宜粗也.

<後略>

(十) 蔡錦紅(채금홍) _白大鎭.

채금홍은 평양이 낳은 己未獨立運動의 義妓이며 名妓였다. 일찍이
아버지를 여의고 편모슬하에서 자라다가, 열 네 살이었을 때 普通學校
를 졸업하였다. 그러나 가난한 所致로 上級學校로 진학하지 못하고 울
며불며 妓生學校에 들어가 歌舞를 배우게 되었다. 그녀는 예쁘기로 유
명하고 총명도 過人하였다. 그리하여 기생학교를 拔群의 성적으로 졸
업한 후 기생 영업을 시작했고, 기생 영업을 해가면서도 틈만 있으면
평안남도 漢詩詩壇의 巨星인 崔在學 씨에게 가 그의 지도를 받았다.

기미년에 독립운동이 일어나 三千里江山이 뒤흔들리자, 채금홍은 壬
辰倭亂 당시의 의기였던 桂月香(계월향)을 열렬히 추모하기 시작했다.
그리하여 그녀는 계월향을 모신 義烈祠를 찾아가 一拜 二拜 三拜, 이렇

게 참배한 후 다음과 같은 追慕詩를 지어 소감을 피력하였다.

　　嗟歎李朝桂月香 芳魂何處獨悽傷(차탄이조계월향 방혼하처독처상)
　　練光亭上朱欄朽 義烈祠頭蔓草長(연광정상주란후 의열사두만초장)
　　슬프도다, 이조의 계월향이여
　　꽃다운 혼 어디서 피 흘리는 동포 보며 슬퍼하고 있을꼬.
　　왜장에게 붙잡혔던 연광정 난간은 썩어지고
　　그대 모신 의열사 위에는 덩굴풀만 무성하네.

　　이 추모시가 평양 市中에 전파되자, 채금홍은 평양 경찰의 要視察 妓
生이 되고 말았는데, 당시의 나이는 20세에 불과하였다고 한다.

<白大鎭 名作漢詩選譯>

(十一) 權韠 和醉時歌(권필 화취시가) _白大鎭.

　　석주(石洲) 권필이 꿈에 시집 한 권을 얻었는데, 이 시집이 바로 김덕
령시집(金德齡詩集)이었다. 이 시집의 앞 책에 '醉時歌'란 것이 실려 있
었는데 그 내용은 대체로 다음과 같았다.

　　"나는 원치 않네, 화조월석(花朝月夕)에 취해 지내기를 나는 원치 않
네. 공훈을 세우고 영달해 花月에 취해 삶도 거짓이요, 공훈을 세움도
거짓일세. 일편단심 나의 원은 이 장검(長劍)을 명군(明君)께 받들려는
그것일세."

　　석주는 꿈에 이 '취시가'를 보고 일어나 앉아 다음과 같은 7절(七絶)
한 수를 지어 김덕령 장군의 영령을 위로하였다.

將軍昔日把金戈 忠壯中摧奈命何 (장군석일파금과 충장중최내명하)
地下英靈無限恨 分明一曲醉時歌 (지하영령무한한 분명일곡취시가)
좋은 창 잡았던 장군이었건만, 충의와 勇壯 꺾여 목숨 보전 어이하리.
지하의 영령 그 끝없는 한, 취사가 한 곡조에 분명히 담겼구나.

<白大鎭 名作漢詩選譯>

(十二) 一字之師, 一字師(일자지사, 일자사) _編著者(衆山).

시나 글에서 잘못되거나 마땅치 못한 한 글자를 고쳐준 恩人을 존경
하여 '한 글자의 스승' 곧 '일자지사' 또는 '일자사'라고 한다.

중국 晚唐의 시인으로 建州刺史를 지낸 李頻(이빈)이 '四皓廟' 시를
짓고는 기묘하다고 스스로 말하며, 詩友인 處士 方干 · 에게 보이니, 그
시는

天下已歸漢 山中猶避秦 龍樓曾爲客 鶴氅不爲臣
(천하이귀한 산중유피진 용루증위객 학창불위신)
천하 이미 漢나라로 귀속되었는데
산 속에서는 아직도 秦나라를 피하고 있다 하네.
太子宮에 일찍이 손님으로 온
신선 옷인 학창의 입은 사람 신하가 될 수 없구나.

였다.

방간이 웃으면서 "잘 짓기는 했으나 마땅하지 못한 한 글자가 있으
니, 내가 알기로는 '온 땅 끝까지에, 왕의 신하 아님이 없도다(率土之濱
莫非王臣)' 하고 詩經 小雅 北山에서 읊은 바 있어, '鶴氅不爲臣'의 爲 자

를 稱(칭) 자로 고쳐 ‘鶴氅不稱臣(학창의 입은 사람 신하라 일컫지 않으리)’라 함이 좋겠네.” 하니, 이빈이 절하고는 “一字之師시네” 했다<葆化錄>

또 唐의 시인 정곡이 원주에 있을 때 제기가 시를 지어 찾아왔는데 그 시는 ‘早梅’로

前村深雪裏 昨夜數枝開(전촌심설리 작야수지개)
앞마을 눈 깊이 쌓인 속에 어젯밤 몇 가지 매화 피었네.

라고 하였다. 정곡이 말하기를 “몇 가지가 피었음은 ‘이른 매화’가 아니니, ‘꽃 하나’ 곧 ‘昨夜一枝開(어젯밤 꽃 하나 피었네)’라야 하네”라 하니, 제기가 부지불식간에 엎드려 절하였다. 이리하여 사림에서는 정곡을 ‘일자사’라 했다.

<原文>

鄭谷在袁州 齊己携詩詣之 有早梅詩云 前村深雪裏 昨夜數枝開. 谷曰 數枝非早也 不如一枝. 齊己不覺下拜. 自是士林以谷爲一字師

<五代史補>

(十三) 漢詩 意見交換(한시 의견교환) _編著者(衆山).

C 형에게.

보내준 次韻 한시 잘 읽었네. 詩想도 좋고 平仄도 잘 이루어져 大成의 素地가 충만하다고 느껴지네. 그러면 한 구절씩 살펴보기로 하세.

첫 句: '辛丑正月雪笿連(신축정월설방련, 신묘년 정월 내내 눈이 펑펑 내리니)'. 어쩔 수 없지만 정월의 正은 '바르다, 바로잡다'의 뜻이면 上聲 '敬'운으로 仄聲이지만, '정월'의 뜻으로 쓰이면 平聲 '庚'운으로 平聲임을 유의하시기 바라네. 제6자 '笿(방, 매질하다, 平韻)' 자를 '瀌(표, 눈비 세차게 내리는 모양, 평운)'로 바꾸면 어떨까 하셨는데, 오히려 笿 자가 더 詩的이 아닐까? 끝 '連' 자는 평성 '先'운으로 原詩의 '寒'운과 通韻이 되기에 제목을 '次韻……'보다는 '用韻……'이라 해야 정확할 듯하네. 平仄을 따져보면 '平仄平仄仄平平'이 되어 二四不同二六對가 이루어지지 않았지만, 사실 詩句가 行雲流水같이 자연스럽게 이어지고 내용이 훌륭하면 평측이야 굳이 꼼꼼히 따질 필요가 없을는지도 모르지.

둘째 句: 去歲冬廻處處嘆(거세동회처처탄, 지난 겨울이 되돌아왔다고 곳곳에서 아우성이라). '去歲冬廻'가 '지나간 겨울 또는 지난 해 겨울이 되돌아왔다'고 선뜻 풀이가 되지 않을 듯 느껴지네. 그래서 '再襲冬軍處處嘆(재섭동군처처탄, 동장군이 다시 기습해와 곳곳에서 아우성이라)'로 바꾸어 보았는데 어떤는지?

셋째 句: 서려臨春江渡擲(서려임춘강도척, 봄이 물가 징검다리에 이르러 건널까를 망설이고). '서'는 'ㆍ+署'인데 '도랑 서, 물 가득 괼 저'이고, '려'는 'ㆍ+厲'로 '물 건널 려'이며 '厲'와 同字라고 字典에 나와 있구면. 생각해보니 이 구절을 公이 풀이한 대로 남들도 그렇게 해석할까 의문이 드네. 그리하여 '到岸東皇躊竚涉(도안동황주저섭, 봄의 신 동황이 냇가에 와서는 건너오기를 주저하고)'로 고쳐보았네. 竚 자는 佇(저) 자와 통하는 글자로 仄聲이며, 흔히 쓰는 躊躇(주저)의 '躇'는 平聲이어서 쓰지 못한 것일세.

끝 句: 鰥翁脫褚亦披安(환옹탈저역피안, 홀아비 늙은이는 벗었던 핫옷 다시 입어야 편할 것 같네). '脫褚亦披'가 '벗었던 핫옷 다시 입고'의 뜻으로 直結되지 않는 느낌이 들어 '鰥翁衣褚亦便安(환옹의저역편안, 홀아비는 핫옷 입으니 역시 편안하구나)'로 고쳐보았는데, 衣는 '옷'의 뜻이면 平聲이지만 '옷을 입다'를 뜻하면 去聲이어서 平仄이 맞게 되네.

외람되이 고쳐본 것을 정리하면 첫 구는 그대로이고 둘째 구부터

再襲冬軍處處嘆 동장군이 다시 기습해와 곳곳에서 아우성이라.
到岸東皇躊竚涉 봄의 신 동황이 냇가에 와서는 건너오기를 주저하고
鰥翁衣褚亦便安 홀아비 핫옷 입으니 역시 편안하구나.

로 되는데, 이렇게 바꾸어 놓고 보니 公의 날카로운 着想이 무디어져서 평범한 작품으로 변해버린 感이라, 湖岩 선생의 글대로 '개개인의 趣向 또는 食性에 따라 달라지는 것'이니, 내가 고쳐본 것이 주제넘은 行態인지도 모르겠네.

계속 精進하시기를 바라며 이만 그치네.

<2011.5.21>

(註) 이 글 속의 原詩는 다음과 같음.
庚寅臘月酷連寒 경인년 겨울에 혹한이 이어져
不似春來處處歎 춘래불사춘이라 곳곳에서 탄식이라.
芍藥開花先發牡 작약 꽃이 모란보다 늘 앞서 피더니
今時失己泰然安 올해는 본성 잃고도 태연하구나.

<衆山 暮春偶吟>

附錄: 詩題一覽

제1부

(1) 終南別業 · 왕유

(2) 蜀葵花 · 최치원

(3) 可惜 · 두보

(4) 輓一醒先生 · 원세개

(5) 絶命詩 · 이대원

(6) 靑瓷象嵌菊花文甁

(7) 北宋徽宗末識詩

(8) 白頭山途中 · 신채호

(9) 高麗城懷古 · 변한

(10) 貞觀吟楡林關作 · 이색

(11) 靑瓷陽刻唐草文瓢形甁詩銘

(12) 梨花 · 이개

(13) 耽羅新詞 · 이제현

(14) 濟危寶 · 이제현

(15) 東都懷古 · 장일

(16) 送別崔孤雲 · 고운

(17) 詠桃 · 이행원

(18) 絶句 · 고병

(19) 田家 · 박지원

(20) 山中雨 · 설손

(21) 高句麗樂府 · 이백

(22) 燈夕入闕有感 · 이규보

(23) 觀劇 · 성현

(24) 觀傀儡雜戲 · 성현

(25) 題昔所見處 · 최호

(26) 解月明師兜率歌

(27) 讚祭亡妹歌 · 일연

(28) 白頭翁 · 이백

(29) 宮苑櫻桃 · 박규수

(30) 渡三八線 · 김구

(31) 尋胡隱君 · 고계

(32) 四皓圍碁 · 서거정

(33) 幽興 · 황오

(34) 別情人 · 정포

(35) 芍藥 · 황보탁

(36) 芙蓉 · 부용

(37) 白雲洞 · 석희박

(38) 西瓜 · 조준

(39) 奉次鐵城府院君 · 정몽주

(40) 傷春二首 · 신종호

(41) 善竹橋 · 작자미상

(42) 時節歌 · 신광수

(43) 有物吟 · 서경덕

(44) 挽人 · 서경덕

(45) 詠孤石 · 정법사

(46) 金剛山 · 송시열

(47) 觀優戲 · 송만재

(48) 贈忠宣王 · 연경미희

(49) 讀小學 · 김굉필

(50) 寡婦哭 · 정상관

(51) 送童子下山 · 교각

(52) 詠崔孤雲 · 박지화

(53) 永淸縣 · 고조기

(54) 贈上林春 · 신종호

(55) 會寧鎭 · 신위

(56) 道傍老松下吟 · 김정

(57) 登天冠山 · 위백규

(58) 慧目山高達寺 · 한수

(59) 衡州送李大夫

　　　　七丈勉赴廣州 · 두보

(60) 吟詩 · 정몽주

(61) 江上値水如海勢聊短述 · 두보

(62) 覽鏡自嘆 · 이정구

(63) 望夫石 · 범광원

(64) 保定府述懷 · 대원군

(65) 山中秋夜 · 유희경

(66) 輓一朶紅 · 심희수

(67) 義湘庵 · 기준

(68) 吹笛 · 두보

(69) 子規 · 단종

(70) 嘲鼠 · 권구

(71) 九連城 · 박지원

(72) 戱作 · 심수경

(73) 次韻穆父贈高麗松扇 · 황정견

(74) 寄無說師 · 김제안

(75) 眉娘詞 · 양주동

(76) 贈吉冶隱 · 남재

(77) 秋千 · 채제공

(78) 華容道 · 송만재

(79) 廣寒樓 · 임제

(80) 詠懷 · 곽재우

(81) 贈惟政 · 이식

(82) 義州砲樓 · 최대립

(83) 鍊戎臺 · 김상채

(84) 濯髮 · 송시열

(85) 貧吟 · 김병연

(86) 病中示子性 · 박원형

(87) 卽事 · 김시국

(88) 絶命詞 · 김자수

(89) 述懷 · 노공필

(90) 懶婦吟 · 이서우

(91) 哭亡兒 · 심우섭

(92) 題百八煩惱後 · 양주동

(93) 絶句 · 김정희

(94) 煙寺晩鍾 · 이인로

(95) 五夜 · 진화

(96) 戟巖 · 오세재

(97) 西山 · 상건

(98) 愁歇院途中 · 김지대

(99) 懸齋雪夜 · 최해

(100) 寒碧堂 · 이병기

(101) 雜興 · 최유청

제4부

한시 산책

| 초판 1쇄 인쇄일 | | 2012년 11월 08일 |
| 초판 1쇄 발행일 | | 2012년 11월 09일 |

지은이		전관수
펴낸이		정구형
출판이사		김성달
편집이사		박지연
책임편집		이원숙
편집/디자인		이하나 정유진 이호진 전용완
마케팅		정찬용
영업관리		한미애 권준기 천수정 심소영
인쇄처		월드문화사
펴낸곳		**국학자료원**

등록일 2006 11 02 제2007-12호
서울시 강동구 성내동 447-11 현영빌딩 2층
Tel 442-4623 Fax 442-4625
www.kookhak.co.kr
kookhak2001@hanmail.net

| ISBN | | 978-89-279-0201-0*93800 |
| 가격 | | 22,000원 |